U0540008

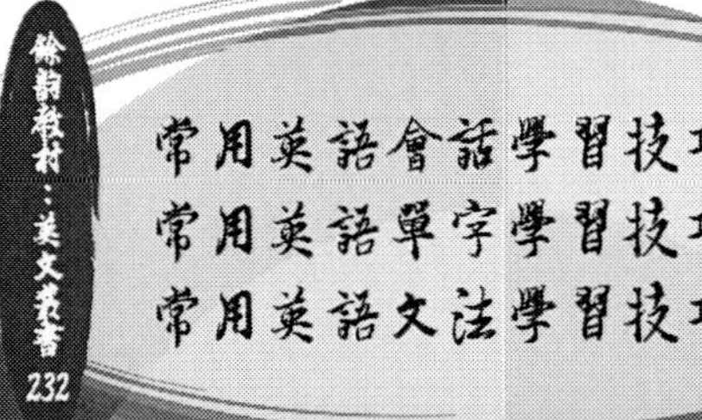

餘韻教材：英文叢書 232

常用英語會話學習技巧 2321
常用英語單字學習技巧 2322
常用英語文法學習技巧 2323

常用 英語會話學習技巧

蔡輝振 編撰

Family Sky 天空數位圖書出版

目 錄

目 錄

編 者 序

本書以《常用英語會話學習技巧》為題，乃學習者與外國人，以英語交談之常用會話，力求並講究學習的技巧，使想要學習，尤其是初學者、或對英語恐懼的人，能輕易達到目的。

想學好英語，必須具備四項條件：一是語言天賦；二是英語興趣；三是學習環境；四是需求壓力。若四者能兼備，大事成矣！缺之則依項遞減其效果。然而，沒具備這四項條件者，也不乏其人，尤其是退休後想要雲遊四海，到世界各地走一走的人，便面臨使用英語交談的困難。

專業英語要學好並不容易，需要長時間的訓練，但如只想用英語與外國人交談的常用會話，便輕易許多，因發音不一定要正確，只要對方聽得懂就好。誠如我們講英語，就如外國人講中文一樣，發音不準且帶有腔調，我們也不會覺得奇怪。所以，一開始不必講究專精，只要能應付國外的日常生活即可，先學習出興趣，以後便可隨著需求而慢慢補足。

筆者在上下求索過程中發現，沒有英語基礎者，在短時間內難於正規學習英語，只會磨滅僅存的一點需求而已，只有先從最簡易的《會中文即會說英語》等教材開始學起，等稍有成效後，自然會提高興趣，也就能持細下去。只可惜！目前坊間所出版這類的書籍，雖用中文字發音，卻要靠死背/硬背的學習方式，毫無技巧可言，且該種方式需要有很好的記憶力，這對於記憶力較差的人，尤其是年長者非常不利。該等教材雖用中文字標出，卻因不同作者所用的中文字發音，除中文字不同，也有些艱澀，音階也不同，有些作者以國際/萬國(英式)音標標音；有些作者以 KK(美式)音標標音；也有些作者以自然發音標音，致使初學者無所適從。當然，年紀大的人在學習英語，最大的困境在於記憶退化的問題。

本書之目的，即在於解決上述問題，並讓英語基礎不好的人，能順利以英語與人交談，最終暢遊世界。故本書使用ㄅㄆㄇ等注音符號及中文發音，文字以簡單易記的聯想法為主，也標記英語字母的發音，並以〝自然發音法 (Phonics)〞來拼讀學習。

本書講究學習技巧，不需靠死背方式。在學習之前，要先熟悉〝自然發音法〞。所謂的自然發音法：「**係在字母與發音之間建立直覺關聯，讓學習者能在看到/聽到的同時，就可以依照規則來發音，以培養〝見字能讀/聽音能寫〞的能力。**」也就是直接以英語字母 A/B/C 發音的羅馬拼音方式。而 IPA/KK 音標[1]就像是注音符號，是以一套清楚的標注系統，讓學習者可以透過字典來學習發音，就算沒見過的單字，也能順利發音，但因要先學習 IPA/KK 音標的寫法與唸法，所以對初學者較為困難。

---

[1] IPA 音標(International Phonetic Alphabet)，即是國際音標/英式英語發音的音素音標；KK 音標 (John Samuel Kenyon and Thomas Albert Knott)，即是一種美式英語發音的音素音標，它所使用的符號幾乎與國際音標相同。

大陸人，學習中文時是採用羅馬拼音方式[2]，對羅馬符號非常熟悉，故在學習英語時，直接以羅馬拼音，雖不懂其字意，也能唸出英語單字，會唸就會寫，會寫就容易記。臺灣人，學習中文則採用注音拼音方式，對注音符號非常熟悉，卻對羅馬符號顯得陌生，故在學習英語時，不懂 KK 音標，就必先熟記羅馬符號 A/B/C 所對應的國語注音符號ㄝ/ㄅ/ㄎ才會唸英語單字。由此可見，大陸人學習英語，比臺灣人來得容易。

因此，筆者建議，在學習英語之前，先以電腦文書 Word，學習大陸人用羅馬拼音方式打中文字[3]，以熟悉羅馬拼音方式，再以〝自然發音法〞，直接從英語字母 A/B/C 去發音的羅馬拼音方式，如此學習英語就會容易許多。

本書之內容，提供技巧與死背兩種學習方式，任君選擇。由於不是專業書籍，故皆以日常生活會話為主，規則也沒那麼嚴謹，並以概略為之，尤其是用英語與人交談，不只要會〝講〞，也要會〝聽〞，至於〝寫〞就次之，並依需求的順序，分為六個單元：

---

[2] 1956 年 9 月 26 日，中國文字改革委員會主任吳玉章在中國共產黨第八次全國代表大會上作《關於中國文字改革問題》的發言。發言指出：「漢語拼音方案，採用羅馬字母……。因為拉丁字母是現代大多數的民族語言中所公用的字母，並且是為中國知識界所已經熟悉的一種字母。……」由上可知，大陸採用羅馬拼音方式，主要在於與國際接軌。

[3] 從鍵盤配置，選擇〝漢語拼音〞即可。

一、基礎篇：

本單元分為：字母認識與詞類應用二個項目。熟練基礎篇與必備篇的學習技巧，就不需死背而熟能生巧，自然水到渠成。

二、必備篇：

本單元分為：常用單句與數目單句二個項目。是學習英語的必備基礎，熟背該等單句，會有意想不到的效果。

三、生活篇：

本單元分為：問候用語、介紹用語、祝賀用語、道歉用語、飲食用語、購物用語、娛樂用語，以及社交禮儀等八個項目。不熟練基礎篇及必備篇的學習技巧，本單元的英語會話，就必需靠死背學習，方能見效。尤其是與對方交談，除自己會講外，也要聽的懂對方說的內容，故說與聽就顯得同等重要。

四、旅遊篇：

本單元分為：海關用語、交通用語、住宿用語、遊覽用語，以及意外用語等五個項目，只要熟記相關的詞句，必能在世界各國旅行，如魚得水，暢談無阻。

五、環境篇：

本單元分為：天文氣候與地理山水二個項目。天文氣候是出國旅遊得重點須知，地理山水則是旅遊的目的。好天氣才能盡興於山水，缺一皆讓人感到掃興。

六、學術篇：

本單元分為：專有名詞與座談研討二個項目。對非學術人可以略過，對學術人，尤其是英語基礎薄弱者，自然顯得重要。因一出口，所代表著不只是個人，甚至是整個國家得水準。所以除背熟專有名詞外，文法也重要。

以上內容，若能熟記，並加以應用，必然可以英語與人暢談無阻。最後，本書基於每個單元的完整性，難免有重複現象，也為避免差錯，特請英語系國家的外籍人士張意姍小姐校對。當然，也可能疏忽而有缺失，還望時賢指正。

國立雲林科技大學漢學所退休教授
天空出版社社長

葉輝振 謹識於臺中望日臺
2025.生日禮物

一、基礎篇

A/字母認識

B/詞類應用

本單元分為：字母認識與詞類應用二個項目。是英語初學者的基礎，應該熟練才能加以文法應用。

A/字母認識(Letter recognition)：

英語字母有 26 個，44 種聲音，由 20 個元音與 24 個輔音所組成，如同國語注音符號的ㄅ/ㄆ/ㄇ等母音(聲母)及ㄚ/ㄛ/ㄜ等子音(韻母)，以及母音的變化有：短母音與長母音；子音的變化有：發音與輕聲/不發音等；也有一個字母有不同的發音，如有標記規則，則屬一般情況下的發音，也有例外發音，在此無從一一標記。所以，先學會字母發音與自然發音等規則，是學習英語的基礎。其練習內容如下表：

a·自然發音(Phonics)：

字母基本音

字母 基本音	音標 唸法	字母 基本音	音標 唸法	備註
a→[æ]	[æ]似ㄟ	q→[kw]	[kw]ㄎㄨ	
b→[b]	[b]=ㄅ	r→[r]	[r]=ㄖ	
c→[k]	[k]=ㄎ	s→[s]	[s]=ㄙ	
d→[d]	[d]=ㄉ	t→[t]	[t]=ㄊ	
e→[ɛ]	[ɛ]=ㄝ	u→[ʌ]	[ʌ]似ㄚ	

f→[f]	[f]=ㄈ	v→[v]	[v]有聲ㄈ	
g→[g]	[g]=ㄍ	w→[w]	[w]=短ㄨ	
h→[h]	[h]=ㄏ	x→[ks]	[ks]=ㄎㄙ	
i→[I]	[I]似ㄧ	y→[j]	[j]=短ㄧ	
j→[dʒ]	[dʒ]=ㄐ	z→[z]	[z]=有聲ㄗ	
k→[k]	[k]=ㄎ	OU→[aʊ]	[aʊ]=ㄠ	
l→[l]	[l]=ㄌ	OY→[ɔI]	[ɔI]=ㄛㄧ	
m→[m]	[m]=ㄇ	TH→[θ]	[θ]=似ㄌ	
n→[n]	[n]=ㄋ	TH→[ð]	[ð]=似ㄖ	
o→[a]	[a]=ㄚ	SH→[ʃ]	[ʃ]=ㄒ	
p→[p]	[p]=ㄆ	CH→[tʃ]	[tʃ]=ㄔ	
備註	1.音標發音，一般皆發重音，也就是第三聲ˋ。 2.單字發音與音標不同者，則為例外音。 3.圖資參考來源：《蝦米小居》 https://www.sammiwago.idv.tw。			

字母例外音

一、c, g, y 的第二種唸法：(1).c 後面如果接 e, i, y 時，發ㄙ（KK 音標作[s]）的音（無聲，吹氣而已）。

c+e	Cell(謝ㄌ)細胞、celebrate(謝列貝特)慶祝。	**備註**
c+i	Cigar(細給ㄦ)雪茄、Citizen(細替現)公民。	
c+y	Cycle(細 K)週期、cynical(細利 K ㄌ)憤世嫉俗。	
備註		

(2).g 後面如果接 e, i, y 時，發類似ㄐ（KK 音標作[dʒ]）的音（有聲，聲帶要振動）。

g+e	Gem(屆 m~)寶石、Genius(屆妮斯)天才。	**備註**
g+i	Giant(計 N 特)巨人、gibe(計貝)嘲諷。	
g+y	Gym(計 M)體育館、Gyp(計ㄆ)騙子。	
備註	例外字：get(給)的到、give(ㄍㄧㄈ)給、gift(ㄍㄧ F 特)禮物，g 發ㄍ（[g]）要特別小心，只能死背。	

(3).y 放在字尾，若在雙音節或多音節的字尾，發ㄧ（KK 音標作[I]）的音；若放在單音節中，且沒有其他母音時，發ㄞ(KK 音標作[aI])的音。

發ㄧ	Baby(貝比)嬰兒、Candy(K 地)糖果。	**備註**
發ㄞ	Shy(賽)害羞的、by(拜)藉著。	
備註	此時 y 相當於母音，故又叫「半母音」。	

二、字母前後不同發音：

1.a後面有th發ㄚ音，如father(ㄈㄚㄉㄦ/發得)父親。

2.z在最後面或後面有不發得音如e發ㄙ音，如Size(ㄙㄞㄙ/塞斯)尺寸。

3.ou在y後面發ㄨ音，如you(ㄧㄨ/U)你。

4.sh在前發ㄕ音，如shoe(ㄕㄨ/書)鞋子；單音節則發ㄒ音，如she(ㄒ/細)她；sh在後發ㄩ音，如Fish(ㄈㄟㄩ/飛虛)魚。

5.ch在後發ㄑ音，如March(ㄇㄚㄑ/媽取)3月。

三、不規則發音：

1.th可發ㄉ，如Thursday(ㄉㄜSㄉㄟ/得斯蝶)星期四、father(ㄈㄚㄉㄦ/發得)父親。

2.th可發ㄙ，如South(ㄙㄠㄙ/掃斯)南、North(ㄋㄜㄙ/諾斯)北。

3.th可發ㄖ，如than(ㄖㄟn~/類)比。

4.th可發夫，如birthday(ㄅㄜ夫ㄉㄟ/ㄅㄜ夫蝶)生日、Tooth(ㄊㄨ夫/吐夫)牙齒。

5.th可不發音，如Clothes(ㄎㄉㄜㄙ/克落斯)衣服。

發音規則

分類	項目	注音符號	單句
單/短母音	a	ㄟ(A)	map(ㄇㄟㄆ/妹頗)地圖
	e	ㄝ	egg(ㄝㄍ/耶個)雞蛋
	i	一	pig(ㄆ一ㄍ/屁個)豬
	o	ㄚ	hot(ㄏㄚㄊ/哈特)熱
	u	ㄚ	bus(ㄅㄚㄙ/巴士)公車
	Y：半母音--置前為子音；置中、後大部分為母音並依母音規矩處理。	一 ㄞ	yes(一ㄝ S/葉斯)是的 Shy(ㄕㄞ/賽)害羞的 by(ㄅㄞ/拜)藉著。
雙/長母音(拉長~)	ai/ay/a_e	ㄟ(A)	nail(ㄋㄟ~ㄌ/捏了)指甲 say(ㄙㄟ~/些)說 date(ㄉㄟ~ㄊ/蝶特)日期
	ea/ee/e_e	一(E)	eat(一~ㄊ/依特)吃 see(ㄙ一~/西)看 meter(ㄇ一~ㄊㄦ/咪特兒)米
	ie/igh/i_e /子音+y	ㄞ(I)	lie(ㄌㄞ~/來)說謊 fight(ㄈㄞ~ㄊ/壞特)鬥爭 bike(ㄅㄞ~/掰)自行車 fly(ㄈㄌㄞ~/佛萊)飛
	oa/oe/ow/o_e	ㄛ(O)	boat(ㄅㄛ~ㄊ/撥特)船 toe(ㄊㄛ~/特歐)腳趾 flowing(ㄈㄌㄛ~一ㄥ/佛摟英)流動 vote(ㄈㄛ~ㄊ/否特)投票

		ue/ui/u_e	ㄨ	blue(ㄅㄌㄨ~/撥嚕)藍色 juice(ㄐㄨ~/啾斯)果汁 rule(ㄖㄨ~/如)規則
有聲子音	b	bb	ㄅ	bread(ㄅㄖㄟㄉ/播類得)麵包 rubber(ㄖㄨㄅㄦ/入播兒)橡皮
	d	dd	ㄉ	dream(ㄉㄖㄧㄇ/得利麼)作夢 address(ㄚㄉㄖㄧㄙ/阿得利斯)地址
	g	gg.gh.gu	ㄍ	go(ㄍㄡ/夠)走 bigger(ㄅㄧㄍㄦ/畢個兒)大的 ghost(ㄍㄡㄙㄊ/夠斯特)鬼 guest(ㄍㄝㄙㄊ/給斯特)客人
	j	g 在 e/i/y 前	ㄐ	joy(ㄐㄛㄧ/就依)喜悅 page(ㄆㄟㄐ/佩基)頁 giant(ㄐㄟㄣㄊ/界恩特)巨大 gym(ㄐㄇ/基麼)健身房
	m	mm	ㄇ	ham(ㄏㄟㄇ/嘿麼)火腿 summer(ㄙㄚㄇㄦ/薩麼兒)夏天
	n	nn n 在母音前後夾住	ㄋ ㄢ	night(ㄋㄞㄊ/奈特)夜晚 dinner(ㄉㄧㄋㄦ/地呢兒)晚餐 one(ㄨㄢ/萬)一
		ng nk	ㄥ ㄎ	bang(ㄅㄟㄥ/貝翁)砰 bank(ㄅㄟㄎ/貝克)銀行
	l	ll	ㄌ	leg(ㄌㄝㄍ/烈個)腿 call(ㄎㄡㄌ/扣了)稱呼
	r	rr.wr.rh	ㄖ	run(ㄖㄚㄣ/辣恩)跑步 carrot(ㄎㄟㄖㄛㄊ/K 肉特)紅蘿蔔 wrong(ㄖㄥ/扔)錯誤 rhyme(ㄖㄞㄇ/賴麼)押韻

	s	g	ㄙ	vision(ㄈㄧㄙㄡㄣ/嘻(臺語)嗽恩)想像 garage(ㄍㄟㄖㄚㄙ/給辣斯)車庫
	th		ㄉ	this(ㄉㄧㄙ/迪斯)這 father(ㄈㄚㄉㄦ/發得)父親
	v		ㄈ	vest(ㄈㄝㄙ/費斯)背心
	w	wh.o wi 連在一起	ㄨ 威	wait(ㄨㄝㄊ/威特)等待 when(ㄨㄝㄣ/威恩)什麼時候 one(ㄨㄢ/萬)一 will(威ㄌ/威了)將要
	y	i.e.u	一	you(ㄧㄨ/U)你 view(ㄈㄧㄨ/嘻巫)看法 few(ㄈㄧㄨ/飛巫)很少 cute(ㄎㄧㄊ/ㄎㄧ特)可愛
	z	zz.s.ss	ㄗ	zero(ㄗㄝㄖㄜ/接漏)零 buzzer(ㄅㄚㄗㄦ/爸仄)蜂鳴器 nose(ㄋㄜㄗ/諾資)鼻子 scissors(ㄙㄎㄧㄗㄜㄦㄙ/斯ㄎㄧ遮兒斯)剪刀
無聲子音	p	pp	ㄆ(P)	pen(ㄆㄧㄣ/聘)筆 apple(ㄟㄆ/耶婆)蘋果
	t	tt	ㄊ	tie(ㄊㄞ/太)領帶 butter(ㄅㄚㄊㄦ/爸特兒)黃油
	c	k/cc/ck/ch	ㄎ	cat(ㄎㄟㄊ/K 特)貓 king(ㄎㄧㄣㄍ/ㄎㄧㄣ個)國王 soccer(ㄙㄚㄎㄦ/薩克)足球 locker(ㄌㄚㄎㄦ/辣克)置物櫃 ache(ㄝㄎ/耶克)酸痛
	f	ff/ph/gh	ㄈ	fall(ㄈㄟㄌ/費了)跌倒 offer(ㄚㄈㄦ/阿賀)提供 photo(ㄈㄜㄊㄜ/佛透)照片 laugh(ㄌㄚㄈ/啦佛)笑

	s	ss/sc c 在 e/i/y 前	ㄙ(S)	sad(ㄙㄚㄉ/薩得)傷心 class(ㄎㄌㄚㄙ/克啦斯)班級 science(ㄙㄞㄣㄎ/賽恩斯)科學 place(ㄆㄌㄟㄙ/破類斯)地方 cite(ㄙㄊ/斯特)引用 spicy(ㄙㄆㄞㄙ/斯派西)辛辣
	sh	s/ss/ti/c	ㄕ(S)	shoe(ㄕㄨ/書)鞋子 sugar(ㄕuㄍㄜㄦ/咻個兒)糖 russia(ㄖㄚㄕㄚ/辣煞)俄羅斯 nation(ㄋㄟㄕㄥ/內勝)國家 ocean(ㄛㄕㄧㄣ/喔甚)海洋
	ch	tch/t	ㄔ	chair(ㄔㄟㄦ/切兒)椅子 watch(ㄨㄚㄔ/哇赤)手錶 future(ㄈㄨㄔㄨ/付出)前途
	h	wh	ㄏ	hill(ㄏㄝㄌ/嘿了)爬坡道 who(ㄏㄨ/護)何人
	1.英語有 26 個字母，除 a/e/i/o/u 5 個為母音(元音)外，其餘 21 個都是子音(輔音)；其中之 y 可以發母音，也可以發子音，故又稱半母音；而子音又分為 15 個有聲子音與 9 個無聲子音，其中之 th[θ]/th[ð]/ng[ŋ] 3 個子音是組合字；也有不發音的子音。 2.【有聲子音】聲帶振動，產生悶悶轟隆響的聲音，像是塞了鼻子的/ n /；【無聲子音】不振動聲帶，要快速切斷再憋			

備註	氣，因此聽不到任何聲音；【不發子音】則無視於存在。 4.兩個字母 oo 通常發長音的ㄨ[u]，如： food(ㄈㄨㄉ/夫得)食物；但後面跟著 k 或 r 時發短音，如：book(ㄅㄨㄎ/布克)、moor(ㄇㄨㄦ/目兒)荒野。 5.原則上，兩個母音，後母音不發音，但前面的母音發長音；兩個子音，後子音不發音；e 在最後不發音；兩個發同音 ck，只發一個音；gh 不發音；m 在最後，要像臺語〝伯母〞的尾音並拉長~；n 在最後也要拉長~。 6.大致上說，凡人名/稱謂/專有名詞/書名文章等，英語第一個字母都要大寫。 7.單字最後的 t/d/s(用注音符號ㄊ/ㄉ/S 標註)等要發輕聲。 8.發音與英語字母相同者，以英語字母拼音，發音相同但與英語字母不同者，以國字拼音；基本上英語發音要發重音。 9.基於每單元的完整，難免會有重複現象。

漢語拼音

注音符號	英語字母	拼音對照		注音符號	英語字母	拼音對照	
		國語	羅馬			國語	羅馬
ㄅ	b	ㄅㄚ	Ba(爸)	ㄗ	z	ㄗㄚ	za(雜)
		ㄅㄛ	Bo(播)		zi	ㄗㄜ	zie(仄)
		ㄅㄞ	Bai(拜)		tz	ㄗㄚ	tza(雜)
		ㄅㄟ	Bei(貝)			ㄗㄜ	tze(仄)
		ㄅㄠ	Bau(抱)			ㄗㄞ	tzai(在)
		ㄅㄢ	Ban(半)			ㄗㄟ	tzei(賊)
		ㄅㄣ	Ben(笨)			ㄗㄠ	tzau(造)
		ㄅㄤ	Bang(棒)			ㄗㄡ	tzou(奏)
		ㄅㄥ	Beng(蹦)			ㄗㄢ	tzan(讚)
		ㄅㄧ	Bi(畢)			ㄗㄣ	tzen(怎)
		ㄅㄧㄝ	Bie(彆)			ㄗㄤ	tzang(藏)
		ㄅㄧㄠ	Biau(標)			ㄗㄥ	tzeng(贈)
		ㄅㄧㄢ	Bian(變)			ㄗㄨ	tzu(駔)
		ㄅㄧㄣ	Bin(殯)			ㄗㄨㄛ	tzuo(做)
		ㄅㄧㄥ	Bing(並)			ㄗㄨㄟ	tzuei(最)
		ㄅㄨ	Bu(不)			ㄗㄨㄢ	tzuan(鑽)
						ㄗㄨㄣ	tzuen(俊)
						ㄗㄨㄥ	tzung(粽)
ㄆ	p	ㄆㄚ	Pa(怕)	ㄘ	c	ㄘㄨㄢ	cwan(竄)
		ㄆㄛ	Po(破)		ts	ㄘㄚ	tsa(擦)
		ㄆㄞ	Pai(派)			ㄘㄜ	tse(測)
		ㄆㄟ	Pei(佩)			ㄘㄞ	tsai(蔡)
		ㄆㄠ	Pau(泡)			ㄘㄠ	tsau(操)
		ㄆㄢ	Pan(盼)			ㄘㄡ	tsou(湊)

		ㄆㄣ	Pen(噴)			ㄘㄢ	tsan(燦)
		ㄆㄤ	Pang(胖)			ㄘㄣ	tsen(參)
		ㄆㄥ	Peng(碰)			ㄘㄤ	tsang(倉)
		ㄆㄧ	Pi(僻)			ㄘㄥ	tseng(蹭)
		ㄆㄧㄝ	Pie(撇)			ㄘㄨ	tsu(促)
		ㄆㄧㄠ	Piau(票)			ㄘㄨㄛ	tsuo(測)
		ㄆㄧㄢ	Pian(片)			ㄘㄨㄟ	tsuei(翠)
		ㄆㄧㄣ	Pin(聘)			ㄘㄨㄢ	tsuan(竄)
		ㄆㄧㄥ	Ping(聘)			ㄘㄨㄣ	tsuen(寸)
		ㄆㄨ	Pu(瀑)			ㄘㄨㄥ	tsung(欉
ㄇ	m	ㄇㄚ	Ma(罵)	ㄙ	s	ㄙ	sz(S)
		ㄇㄛ	Mo(摸)			ㄙㄚ	sa(薩)
		ㄇㄞ	Mai(賣)			ㄙㄜ	se(色)
		ㄇㄟ	Mei(妹)			ㄙㄞ	sai(賽)
		ㄇㄠ	Mau(茂)			ㄙㄠ	sau(臊)
		ㄇㄢ	Man(漫)			ㄙㄡ	sou(嗽)
		ㄇㄣ	Men(悶)			ㄙㄢ	san(散)
		ㄇㄤ	Mang(芒)			ㄙㄣ	sen(森)
		ㄇㄥ	Meng(夢)			ㄙㄤ	sang(喪)
		ㄇㄧ	Mi(蜜)			ㄙㄥ	seng(僧)
		ㄇㄧㄝ	Mie(滅)			ㄙㄨ	su(素)
		ㄇㄧㄠ	Miau(妙)			ㄙㄨㄛ	suo(所)
		ㄇㄧㄢ	Mian(面)			ㄙㄨㄟ	suei(歲)
		ㄇㄧㄣ	Min(敏)			ㄙㄨㄢ	suan(算)
		ㄇㄧㄥ	Ming(命)			ㄙㄨㄣ	suen(損)
		ㄇㄨ	Mu(木)			ㄙㄨㄥ	sung(送)
ㄈ	f	ㄈㄚ	Fa(法)	ㄧ	i	ㄧ	i(衣)
		ㄈㄛ	Fo(佛)		y	ㄧ	y(衣)
		ㄈㄟ	fei(費)		yi	ㄧ	yi(衣)
		ㄈㄡ	fou(佛)			ㄧㄚ	ya(訝)

		ㄈㄢ	fan(泛)			ㄧㄝ	ye(葉)
		ㄈㄣ	fen(份)			ㄧㄞ	yai(崖)
		ㄈㄤ	fang(放)			ㄧㄠ	yau(要)
		ㄈㄥ	feng(鳳)			ㄧㄡ	you(又)
		ㄈㄨ	fu(富)			ㄧㄢ	yan(驗)
						ㄧㄣ	yin(印)
						ㄧㄤ	yang(樣)
						ㄧㄥ	ying(應)
ㄉ	d	ㄉㄚ	da(大)	ㄨ	u	ㄨ	u(烏)
		ㄉㄜ	de(得)		wu	ㄨ	wu(烏)
		ㄉㄞ	dai(帶)			ㄨㄚ	wa(襪)
		ㄉㄟ	dei(得)			ㄨㄛ	wo(握)
		ㄉㄠ	dau(到)			ㄨㄞ	wai(外)
		ㄉㄡ	dou(豆)			ㄨㄟ	wei(威)
		ㄉㄢ	dan(但)			ㄨㄢ	wan(萬)
		ㄉㄤ	dang(盪)			ㄨㄣ	wen(問)
		ㄉㄥ	deng(鄧)			ㄨㄤ	wang(忘)
		ㄉㄧ	di(第)			ㄨㄥ	weng(甕)
		ㄉㄧㄝ	die(蝶)				
		ㄉㄧㄠ	diau(調)				
		ㄉㄧㄡ	diou(丟)				
		ㄉㄧㄢ	dian(店)				
		ㄉㄧㄥ	ding(定)				
		ㄉㄨ	du(度)				
		ㄉㄨㄛ	duo(剁)				
		ㄉㄨㄟ	duei(對)				
		ㄉㄨㄢ	duan(段)				
		ㄉㄨㄣ	duen(頓)				
		ㄉㄨㄥ	dung(動)				
ㄊ	t	ㄊㄚ	ta(踏)	ㄩ	yu	ㄩ	Yu(淤)
		ㄊㄜ	te(特)			ㄩㄝ	yue(月)

		ㄊㄞ	tai(太)			ㄩㄢ	yuan(院)
		ㄊㄠ	tau(套)			ㄩㄣ	yun(運)
		ㄊㄡ	tou(透)			ㄩㄥ	yung(用)
		ㄊㄢ	tan(炭)				
		ㄊㄤ	tang(趟)				
		ㄊㄥ	teng(藤)				
		ㄊㄧ	ti(替)				
		ㄊㄧㄝ	tie(帖)				
		ㄊㄧㄠ	tiau(跳)				
		ㄊㄧㄢ	tian(舔)				
		ㄊㄧㄥ	ting(聽)				
		ㄊㄨ	tu(吐)				
		ㄊㄨㄛ	tuo(拓)				
		ㄊㄨㄟ	tuei(退)				
		ㄊㄨㄢ	tuan(彖)				
		ㄊㄨㄣ	tuen(屯)				
		ㄊㄨㄥ	tung(痛)				
ㄋ	n	ㄋㄚ	na(那)	ㄚ	a		
		ㄋㄞ	nai(奈)				
		ㄋㄟ	nei(內)				
		ㄋㄠ	nau(鬧)				
		ㄋㄡ	nou(嗕)				
		ㄋㄢ	nan(難)				
		ㄋㄣ	nen(嫩)				
		ㄋㄤ	nang(囊)				
		ㄋㄥ	neng(濘)				
		ㄋㄧ	ni(逆)				
		ㄋㄧㄝ	nie(聶)				
		ㄋㄧㄠ	niau(尿)				
		ㄋㄧㄡ	nion(拗)				
		ㄋㄧㄢ	nian(念)				

		ㄋㄧㄣ	nin(您)				
		ㄋㄧㄤ	niang(釀)				
		ㄋㄧㄥ	ning(佞)				
		ㄋㄨ	nu(怒)				
		ㄋㄨㄛ	nuo(諾)				
		ㄋㄨㄢ	nuan(暖)				
		ㄋㄨㄣ	nuen(論)				
		ㄋㄨㄥ	nung(弄)				
		ㄋㄩ	niu(女)				
		ㄋㄩㄝ	niue(虐)				
ㄌ	l	ㄌㄚ	la(辣)	ㄛ	o		
		ㄌㄜ	le(樂)				
		ㄌㄞ	lai(賴)				
		ㄌㄟ	lei(類)				
		ㄌㄠ	lau(烙)				
		ㄌㄡ	lou(露)				
		ㄌㄢ	lan(爛)				
		ㄌㄤ	lang(浪)				
		ㄌㄥ	leng(愣)				
		ㄌㄧ	li(立)				
		ㄌㄧㄚ	lia(辣)				
		ㄌㄧㄝ	lie(列)				
		ㄌㄧㄠ	liau(廖)				
		ㄌㄧㄡ	liou(六)				
		ㄌㄧㄢ	lian(練)				
		ㄌㄧㄣ	lin(吝)				
		ㄌㄧㄤ	liang(輛)				
		ㄌㄧㄥ	ling(另)				
		ㄌㄨ	lu(路)				
		ㄌㄨㄛ	luo(落)				
		ㄌㄨㄢ	luan(亂)				

		ㄌㄨㄣ	luen(論)				
		ㄌㄨㄥ	lung(弄)				
		ㄌㄩ	liu(綠)				
		ㄌㄩㄝ	lieu(略)				
		ㄌㄩㄢ	liuan(孿)				
ㄍ	g	ㄍㄚ	ga(尬)	ㄜ	e		
		ㄍㄜ	ge(各)				
		ㄍㄞ	gai(蓋)				
		ㄍㄟ	gei(給)				
		ㄍㄠ	gau(告)				
		ㄍㄡ	gou(夠)				
		ㄍㄢ	gan(幹)				
		ㄍㄣ	gen(跟)				
		ㄍㄤ	gang(槓)				
		ㄍㄥ	geng(更)				
		ㄍㄨ	gu(故)				
		ㄍㄨㄚ	gua(掛)				
		ㄍㄨㄛ	guo(過)				
		ㄍㄨㄞ	guai(怪)				
		ㄍㄨㄟ	guei(貴)				
		ㄍㄨㄢ	guan(冠)				
		ㄍㄨㄣ	guen(棍)				
		ㄍㄨㄤ	guang(逛)				
		ㄍㄨㄥ	gung(共)				
ㄎ	k	ㄎㄚ	ka(卡)	ㄝ	e		
		ㄎㄜ	ke(克)				
		ㄎㄞ	kai(慨)				
		ㄎㄠ	kau(靠)				
		ㄎㄡ	kou(扣)				
		ㄎㄢ	kan(看)				

		ㄎㄣ	ken(肯)				
		ㄎㄤ	kang(抗)				
		ㄎㄥ	keng(坑)				
		ㄎㄨ	ku(庫)				
		ㄎㄨㄚ	kua(跨)				
		ㄎㄨㄛ	kuo(擴)				
		ㄎㄨㄞ	kuai(快)				
		ㄎㄨㄟ	kuei(饋)				
		ㄎㄨㄢ	kuan(款)				
		ㄎㄨㄣ	kuen(困)				
		ㄎㄨㄤ	kuang(況)				
		ㄎㄨㄥ	kung(控)				
ㄏ	h	ㄏㄚ	ha(哈)	ㄞ	ai		
		ㄏㄜ	he(賀)				
		ㄏㄞ	hai(害)				
		ㄏㄟ	hei(嘿)				
		ㄏㄠ	hau(號)				
		ㄏㄡ	hou(後)				
		ㄏㄢ	han(漢)				
		ㄏㄣ	hen(恨)				
		ㄏㄤ	hang(沆)				
		ㄏㄥ	heng(橫)				
		ㄏㄨ	hu(戶)				
		ㄏㄨㄚ	hua(畫)				
		ㄏㄨㄛ	huo(或)				
		ㄏㄨㄞ	huai(壞)				
		ㄏㄨㄟ	huei(會)				
		ㄏㄨㄢ	huan(換)				
		ㄏㄨㄣ	huen(混)				
		ㄏㄨㄤ	huang(晃)				
		ㄏㄨㄥ	hung(鬨)				

ㄐ	j	ㄐㄧ ㄐㄧㄚ ㄐㄧㄝ ㄐㄧㄠ ㄐㄧㄡ ㄐㄧㄢ ㄐㄧㄣ ㄐㄧㄤ ㄐㄧㄥ ㄐㄩ ㄐㄩㄝ ㄐㄩㄢ ㄐㄩㄣ ㄐㄩㄥ	ji(計) jia(價) jie(屆) jiau(較) jiou(就) jian(建) jin(進) jiang(降) jing(竟) jiu(具) jiue(倔) jiuan(眷) jiun(俊) jiung(炯)	ㄟ	ei		
ㄑ	q.ch	ㄑㄧ ㄑㄧ ㄑㄧㄚ ㄑㄧㄝ ㄑㄧㄠ ㄑㄧㄡ ㄑㄧㄢ ㄑㄧㄣ ㄑㄧㄤ ㄑㄧㄥ ㄑㄩ ㄑㄩㄝ ㄑㄩㄢ ㄑㄩㄣ ㄑㄩㄥ	qi(氣) chi(氣) chia(洽) chie(竊) chiau(俏) chiou(糗) chian(欠) chin(沁) chiang(嗆) ching(慶) chiu(去) chiue(卻) chiuan(勸) chiun(群) chiung(瓊)	ㄠ	au		

ㄒ	x	ㄒㄧ ㄒㄧㄚ ㄒㄧㄝ ㄒㄧㄠ ㄒㄧㄡ ㄒㄧㄢ ㄒㄧㄣ ㄒㄧㄤ ㄒㄧㄥ ㄒㄩ ㄒㄩㄝ ㄒㄩㄢ ㄒㄩㄣ ㄒㄩㄥ	shi(系) shia(下) shie(謝) shiau(笑) shiou(秀) shian(現) shin(信) shiang(向) shing(姓) shiu(細) shiue(穴) shiuan(炫) shiun(訊) shiung(雄)	ㄡ	ou		
ㄓ	zh.j	ㄓㄜ ㄓㄚ ㄓㄜ ㄓㄞ ㄓㄟ ㄓㄠ ㄓㄡ ㄓㄢ ㄓㄣ ㄓㄤ ㄓㄥ ㄓㄨ ㄓㄨㄚ ㄓㄨㄛ ㄓㄨㄞ ㄓㄨㄟ	zhe(哲) ja(炸) je(這) jai(債) jei(賊) jau(照) jou(咒) jan(站) jen(鎮) jang(障) jeng(正) ju(住) jua(爪) juo(卓) juai(拽) juei(墜)	ㄢ	an		

		ㄓㄨㄢ ㄓㄨㄣ ㄓㄨㄤ ㄓㄨㄥ	juan(撰) juen(諄) juang(狀) jung(眾)				
ㄔ	ch	ㄔ ㄔㄚ ㄔㄜ ㄔㄞ ㄔㄠ ㄔㄡ ㄔㄢ ㄔㄣ ㄔㄤ ㄔㄥ ㄔㄨ ㄔㄨㄚ ㄔㄨㄛ ㄔㄨㄞ ㄔㄨㄟ ㄔㄨㄢ ㄔㄨㄣ ㄔㄨㄤ ㄔㄨㄥ	chr(赤) cha(剎) che(撤) chai(柴) chau(炒) chou(秀) chan(懺) chen(趁) chang(唱) cheng(秤) chu(處) chua(抓) chuo(綽) chuai(踹) chuei(吹) chuan(串) chuen(蠢) chuang(創) chung(銃)	ㄣ	en		
ㄕ	sh	ㄕ ㄕㄚ ㄕㄜ ㄕㄞ ㄕㄟ ㄕㄠ ㄕㄡ	shr(詩) sha(煞) she(設) shai(曬) shei(誰) shau(紹) shou(受)	ㄤ	ang		

		ㄕㄢ	shan(善)				
		ㄕㄣ	shen(甚)				
		ㄕㄤ	shang(上)				
		ㄕㄥ	sheng(勝)				
		ㄕㄨ	shu(數)				
		ㄕㄨㄚ	shua(耍)				
		ㄕㄨㄛ	shuo(碩)				
		ㄕㄨㄞ	shuai(率)				
		ㄕㄨㄟ	shuei(稅)				
		ㄕㄨㄢ	shuan(涮)				
		ㄕㄨㄣ	shuen(順)				
		ㄕㄨㄤ	shuang(灀)				
ㄖ	r	ㄖㄜ	re(熱)	ㄥ	eng		
		ㄖㄠ	rau(繞)				
		ㄖㄡ	rou(肉)				
		ㄖㄢ	ran(染)				
		ㄖㄣ	ren(任)				
		ㄖㄤ	rang(讓)				
		ㄖㄥ	reng(扔)				
		ㄖㄨ	ru(入)				
		ㄖㄨㄛ	ruo(若)				
		ㄖㄨㄟ	ruei(瑞)				
		ㄖㄨㄢ	ruan(軟)				
		ㄖㄨㄣ	ruen(潤)				
		ㄖㄨㄥ	rung(冗)				
				ㄦ	er		
備註							

b.字母組合(Letter combinations)：

在英語26個字母中，只有a/e/i/o/u五個元音(母音)字母，其餘都是輔音(子音)字母。所以，英語單字會出現三種類型的組合：

(a).元音與元音的組合：(~代表長母音)

a與i的組合ai讀A~，wait(喂~特)等待。

e與e的組合ee讀E~，meet(密~特)見面。

o與u的組合ou讀ㄨ~，soup(速~ㄆ)湯。

(b).元音與輔音的組合：

首先要了解，哪些元音可與輔音組合在一起。記住〝容(r)/易(y)/忘(w)/了(l)〞四個輔音字母。元音字母通常與這四個輔音字母組合在一起。

a與r的組合ar讀阿，park(怕~克)公園。

a與y的組合ay讀A一，daytime(蝶太m~)白天。

a與w的組合aw讀阿，paw(怕~)爪子。

a與l的組合al讀ㄛ~，talk(透~克)說話。

(c).輔音與輔音的組合：

s與h的組合sh讀ㄕ~，fish(飛虛)魚。

p與h的組合ph讀ㄈ~，photo(佛透)照片。

t與h的組合th讀ㄉ~，that(蝶特)那。

c·音節判斷(Syllable segmentation)：

音節是用母音來區分的，因此一個單字裡有幾個母音也就有幾個音節。

● **舉例**：

母音：a/e/i/o/u

she(她)：母音有 e，故知這個單字有一個音節發音(細~)。

mother(母親)：母音有 o 與 e，故知這個單字有兩個音節，發音(媽得)。

tomorrow(明天)：母音有 o/o/o，故知這個單字有三個音節，發音(吐媽肉)。

d·不發音字(Silent letters)：

不發音的母音組合：當 gu/gue/qu/que 組合一起時，母音不發音，或發成另一個音。

不發音的子音組合：當 kn/w/gn 組合在字首時，或 gn/mn/mb 組合在字尾時，都會有其中一個字母不發音。

不發音或無聲的英語字母主要有：b/g/gh/k/p/s/t/w 等，也有例外，為避免初學者的困擾，在此不列舉。

● **舉例：**

不發音的 b：如果一個字的字尾是 mb，b 不發音，如：climb(克賴 m~)攀爬/bomb(棒 m~)炸彈等。如果單字裡出現 bt 組合，b 也經常不發音，如：debt(蝶特)債務/subtle(薩漏)微妙等。

不發音的 g：如果單字裡出現 gn 組合，g 經常不發音，如：design(地賽 n~)設計/champagne(先品~)香檳酒等。

不發音的 gh：如果單字裡出現 gh 組合，gh 也經常不發音，如：high(嗨~)高的/light(賴特)光線等。

不發音的 k：如果單字裡出現 kn 組合，k 經常不發音，如：know(ㄋㄡ)知道/knife(奈 f)刀子等。

不發音的 p：如 psychology(賽扣羅基)心理學 /receipt(ㄖㄧ細特)收據等。

不發音的 s：如 aisle(阿ㄌ)走道/debris(蝶ㄅ)碎片等。

不發音的 t：如 castle(卡呀斯兒)城堡/buffet(吧費)自助餐等。

不發音的 w：如果單字裡出現 wr 組合，w 不發音，如：wrong(巫弄)錯誤的/wrap(列ㄆ)包裹等。

B/詞類應用(Parts of speech application)：

英語詞句分類主要有九大類，分為：名詞、代名詞、動詞、形容詞、副詞、冠詞、介系詞、連接詞，以及感嘆詞等。背單字要留意每一個單字的詞性，懂的詞性的功能，可以提升文法的能力。故在英語文法上的應用，非常重要。

a·名詞 (noun) ：

地球上一切人/事/物的「名稱」，就是名詞。如：

人　：Mary(瑪莉)瑪莉，driver(踹 ˇ ㄦ)司機。

動物：dog(豆ㄍ)狗，bird(ㄅㄜ兒得)鳥。

地方：Taiwan(臺灣)臺灣/coffee(咖啡)咖啡。

物品：flowers(ㄈ啦位 s)花草/car(卡兒)汽車。

事件：fire(壞兒)火災，accident(阿克細蝶特)事故。

抽象概念：kindness(慨鎳斯)善良，freely(嘻利)自由。

b·代名詞(pronoun)：

用來代替句子中已經提及過或已知的名詞。有：I(ㄞ)我，he(嘻(臺))他，she(細)她，it(以特)它，some(尚 m)一些，any(A妮)任何，many(妹妮)許多等。如：

This clothes looks beautiful. I like it.(迪 S 克落 S 路克 謬替佛 哀 賴克 以特)這件衣服看起來很漂亮，我喜歡它。用 it(以特)它來代替 clothes(克落 S)衣服。

Jenny is married. She has two kids.(珍妮 以 S 妹利細 嘿 S 吐 ㄎ一 S)珍妮已婚了，她有兩個孩子。用 she(細)她來代替 Jenny(珍妮)珍妮。

c·動詞(verb)：

用來描述動作或是存在狀態的詞性。如：

一般動詞：walk(哇克)走，eat(以特)吃，play(ㄆ類)玩等。

be 動詞：is(以是)是，am(演~)是，are(阿兒)是等是現在式；was(臥 S)是，were(威ㄌ)是等是過去式。

助動詞：do(度)做，does(達 S)做，did(蝶得)做了，can(Kn~)能，may(妹一)可以，must(罵s特)必須等。

d·形容詞(adjective)：

用來描述或修飾「名詞」或「代名詞」。如：

smart(S 罵兒特)聰明的，cute(克 u 特)可愛的，poor(破兒)貧窮的，rich(瑞ㄔ)富有的，good(故得)好的，short(秀兒特)短的，small(s 冒)小的，tall(透~)高的等。

He is rich.(嘻 以S 瑞ㄔ)他很富有，用 rich(瑞ㄔ)富有來描述代名詞 he(嘻)他。

He is a rich man(嘻 以S 兒 瑞ㄔ 面)他是個有錢的男人，用 rich(瑞ㄔ)有錢的，來描述名詞 man(面)男人。

She is a beautiful woman(細 以S 兒 謬替佛 窩們)她是個漂亮的女人，用 beautiful(謬替佛)漂亮的來描述名詞 woman(窩們)女人。

e·副詞(adverb)：

用來描述或修飾動詞/形容詞/副詞，或是整句。如：

very(威瑞一)非常/很，so(受)所以/真，quite(快特)相當，fast(法ㄙ特)快速地，slowly(時落利)慢慢地，actually(阿透利)實際上等。

My teacher speaks slowly(埋 替球 時畢克 時落利)我的老師說話很慢，用 slowly(時落利)慢慢地來修飾動詞 speak(時畢克)說話。

You are so nice(U 阿兒 受 奈斯)您人真好，用 so(受)真來修飾形容詞 nice(奈斯)好。

He runs very fast(嘻 然 威瑞一 法S特)他跑的很快，用 very(威瑞一)很來修飾副詞 fast(法S特)快。

Actually, I don't like(阿吐利 哀 東特 賴克)實際上我不喜歡，用 actually(阿吐利)實際上來修飾整個句子。

f·冠詞(article)：

冠詞是用在名詞前的一種修飾詞，它可以用來表明所修飾的名詞是特指還是泛指。在特指名詞前，須用定冠詞「the」。在非特指名詞前，須用不定冠詞「a」或「an」。如：

The book was written by reputable authors.(得 布克 臥S 威騰 拜 列普特ㄅ 阿得)這本書是由知名作家撰寫。

He said that he had read a book by that author.(嘻 謝得 蝶特 嘻 嘿得 瑞得 兒 布克 拜 蝶特 阿得)他說他讀過該作者的書。

上面第一個例子說的是某本特定的書，而第二個例子說的是非特指的一本書。

g·介系詞(preposition)：

用來表示在地方/在時間，或是片語/用法搭配的功能字。如：in(印~)在，on(ㄞ~)在，at(阿特)在，of(Of)的，for(佛兒)為，with(威夫)與，from(夫讓 m~)從/來自，afraid(阿飛得)害怕，look for(諾克佛兒)尋找等。

I am in my room(哀 演 印 埋 潤 m~)我在我的房間裡，用 in(印)在來表示在什麼裡面。

He eats breakfast at 7points(嘻 以特 ㄅ辣法 阿特 謝分破引)他吃早餐的時間在 7 點，用 at(阿特)在來表示在什麼時間吃早餐。

I come from Taiwan(哀 康 夫讓 臺灣)我來自臺灣，用 from(夫讓~)來自來表示從什麼地方來。

Peter is afraid of spiders(彼得 以 S 阿飛得 Of S 拍得)彼得害怕蜘蛛，用 afraid of(阿飛得 Of)害怕來表示害怕什麼東西。

I am looking for my dog.(哀 演 諾克硬 佛兒 埋 豆ㄍ)我在找我的狗，用 look for(諾克佛兒)尋找來表示找什麼東西。

h·連接詞(conjunction)：

用來連接單字/片語或是句子的詞性。如：and(演得)和/與/及/又，before(ㄅㄜ佛兒)前，but(爸特)但是，or(OR)或者，so(搜)所以，because(ㄅㄜ克斯~)因為，when(惠 N)什麼時候，although(阿豆)雖然等。

Alice is smart and beautiful(愛麗絲 以 S S 罵兒特 演得 謬替佛)愛麗絲聰明又美麗，用 and(演得)又來表示聰明/美麗之間的連接。

He is a nice guy, but I don't like him(嘻 以 S 阿 奈斯蓋 爸特 哀 東特 賴克 嘿 m~)他是個好人，但是我不喜歡他，用 but(爸特)但是來表示連接前後兩句。

I am sick, so I didn‘t go to work(哀 演 謝克 受 哀 第 N 登 夠 吐 沃克)我生病了，所以我沒有去上班，用 so(受)所以來表示連接前後兩句。

When I grow up, I want to be a teacher(惠 N 哀 哥落 阿ㄆ 哀 萬特 吐 畢 阿 踢球)長大後我想當老師，用 when(惠 N)什麼時候來表示連接前後兩句。

i‧感歎詞(interjection)：

用來表達情感或情緒的短字，如：oh(哦)哦，wow(哇)哇，ouch(澳ㄔ)哎喲，ah(啊)啊，oops(ㄨㄆ斯)哎呀，my God(埋尬得)我的上帝等。

痛的時候會說 ouch(澳ㄔ)哎喲。

驚訝時會說 wow(哇)哇，或 my God(埋尬得)我的上帝。

有一個不預期的狀況發生時會說 oops(ㄨㄆ斯)哎呀。

二、必備篇

A/常用單句

B/數目單句

本單元分為：常用單句與數目單句二個項目。是英語初學者的基礎，應該熟練才能加以文法應用。

A/常用單句(Commonly used single sentences)：

單字	中文發音	翻譯	備註	單字	中文發音	翻譯	備註
a	A	一		I	哀	我	
an	演	一個		me	密	我	
first	佛S特	第一的		my	埋	我的	
some	尚 m	一些		we	威	我們	
all	阿ㄌ	全部		our	凹兒	我們的	
other	阿得	其他		you	U	您/您們	
only	翁妮	僅有的		your	UR	您的	
many	妹泥	許多		yours	URS	您們的	
more	末兒	更多的		he	嘻(臺)	他	
have	嘿夫	有		she	細	她	
no	耨	不/沒有		his	嘿 S	他的	
yes	葉 S	是		they	得一	他們	
not	那特	不是		their	迪兒	他們的	
could	克得	可以		people	匹ㄆ	人們	
it	以特	它		man	面 n~	男人	
its	以特ㄙ	它是		woman	窩們	女人	

二、必備篇

just	價斯特	只是		take	貼克	拿	
how	號ㄨ	如何		which	威ㄔ	哪個	
if	意 f	如果		that	蝶特	那/那個	
here	嘻兒	這裡		those	多 S	哪些	
there	蝶兒	那裡		the	得	這	
because	貝卡 S	因為		these	蝶 S	這些	
for	佛兒	為了		this is	迪 S 以 S	這是	
so	受	所以		that is	蝶特以 S	那是	
about	阿抱特	關於		on	哀 n~	在	
as	阿 S	作為		now	鬧~	現在	
by	拜	經過		past	帕 S 特	過去	
than	點 n~	比		what	畫特	什麼	
compare	抗 M 撇	比較		when	惠 N~	什麼時候	
get	給	得到		recently	利神利	近來	
lose	路 S~	失去		come in	卡 M 印	進來	
and	演得	和/與		into	印~透	進入	
read	瑞得	讀		out	凹特	出去	
say	謝一	說		moment	摸們特	稍等	
speak	S 畢克	講		or	Or	或者	
give	給ㄈ	給		even	意魂~	甚至	
go	夠	去		find	飯得	尋找	

come	抗 m~	來		will	威ㄌ	將要	
to	吐	到		special	S 悲秀	特別的	
do	度	做		new	紐~	新的	
at	阿特	當		old	喔得	舊的	
of	Of	的		up	阿ㄆ	向上	
but	巴特	但		down	當 n~	向下	
also	阿受	也		way	威一	方式	
can	肯~	能		well	威ㄛ	出色地	
who	戶	誰		use	U 斯~	使用	
want	萬特	想		very	威利	非常	
would	巫得	會		look	諾克	看	
pieces	屁色 S	件		see	細	看出	
day	蝶一	天		then	點 n~	然後	
land	威 N 得	地		from	夫讓 m~	從/來自	
dates	蝶特 S	日期		him	嘿 m~	他…之後	
year	意兒	年		in	印~	在…之內	
moon	目 n~	月		seasons	夕聖	季節	
day	蝶一	日		years	意兒 S	年代	
				position	婆謝訓	方位	
備註							

B/數目單句(single sentence of number)：

本單元分為：數字、時間、日期、季節、年代，以及方位等六個項目。茲說明如下：

a·數字(number)：

數字	英語/拼音	樓層	英語/拼音	備註
0	zero(機肉)	地下室	basement(貝細悶特)	
1	one(萬)	一樓	1st, First floor (佛 S 特 佛漏兒)	
2	two(吐)	二樓	2nd, Second(煞肯得)	
3	three(特利)	三樓	3rd, Third(得兒得)	
4	four(佛兒)	四樓	4th, Fourth(佛兒)	
5	five(壞夫)	五樓	5th, Fifth(費 f)	
6	six(細 S)	六樓	6th, Sixth(細 S)	
7	seven(些粉 n~)	七樓	7th, Seventh(些粉 n~)	
8	eight(耶特)	八樓	8th, Eighth(耶特)	
9	nine(奈 n~)	九樓	9th, Ninth(奈 n~)	

10	ten(天 n~)	十樓	10th, Tenth(天 n~)	
11	eleven(一類粉 n~)	十一樓	11th, Eleventh (一類粉 n~)	
12	twelve(退兒夫)	十二樓	12th, Twelfth(退兒夫)	
13	thirteen(得聽 n~)	十三樓	13th, Thirteenth (得聽 n~)	
14	fourteen(佛聽 n~)	十四樓	14th, Fourteenth (佛聽 n~)	
15	fifteen(費 F 聽 n~)	十五樓	15th, Fifteenth (費 F 聽 n~)	
16	sixteen(夕 S 聽 n~)	十六樓	16th, Sixteenth (細 S 聽 n~)	
17	seventeen(些粉聽 n~)	十七樓	17th, Seventeenth (些粉聽 n~)	
18	eighteen(耶聽 n~)	十八樓	18th, Eighteenth (耶聽 n~)	
19	nineteen(奈聽 n~)	十九樓	19th, Nineteenth (奈聽 n~)	

20	twenty(湍替)	40	forty(佛兒替)	
21	twenty-one(萬)	41	forty-one(萬)	
22	twenty-two(吐)	42	forty-two(吐)	
23	twenty-three(特利)	43	forty-three(特利)	
24	twenty-four(佛兒)	44	forty-four(佛兒)	
25	twenty-five(壞夫)	45	forty-five(壞夫)	
26	twenty-six(細克 S)	46	forty-six(細克 S)	
27	twenty-seven(些粉 n~	47	forty-seven(些粉 n~)	
28	twenty-eight(耶特)	48	forty-eight(耶特)	
29	twenty-nine(奈 n~)	49	forty-nine(奈 n~)	
30	thirty(得替)	50	fifty(費 f 替)	
31	thirty-one(萬)	51	fifty-one(萬)	
32	thirty-two(吐)	52	fifty-two(吐)	
33	thirty-three(特利)	53	fifty-three(特利)	
34	thirty-four(佛兒)	54	fifty-four(佛兒)	
35	thirty-five(壞夫)	55	fifty-five(壞夫)	
36	thirty-six(細克 S)	56	fifty-six(細克 S)	
37	thirty-seven(些粉 n~	57	fifty-seven(些粉 n~)	
38	thirty-eight(耶特)	58	fifty-eight(耶特)	
39	thirty-nine(奈 n~)	59	fifty-nine(奈 n~)	

60	sixty(夕 S 替)	80	eighty(耶替)	
61	sixty-one(萬)	81	eighty-one(萬)	
62	sixty-two(吐)	82	eighty-two(吐)	
63	sixty-three(特利)	83	eighty-three(特利)	
64	sixty-four(佛兒)	84	eighty-four(佛兒)	
65	sixty-five(壞夫)	85	eighty-five(壞夫)	
66	sixty-six(細克 S)	86	eighty-six(細克 S)	
67	sixty-seven(些粉 n~)	87	eighty-seven(些粉 n~)	
68	sixty-eight(耶特)	88	eighty-eight(耶特)	
69	sixty-nine(奈 n~)	89	eighty-nine(奈 n~)	
70	seventy(些粉替)	90	ninety(奈替)	
71	seventy-one(萬)	91	ninety-one(萬)	
72	seventy-two(吐)	92	ninety-two(吐)	
73	seventy-three(特利)	93	ninety-three(特利)	
74	seventy-four(佛兒)	94	ninety-four(佛兒)	
75	seventy-five(壞夫)	95	ninety-five(壞夫)	
76	seventy-six(細克 S)	96	ninety-six(細克 S)	
77	seventy-seven (些粉 n~)	97	ninety-seven (些粉 n~)	
78	seventy-eight(E 特)	98	ninety-eight(E 特)	
79	seventy-nine(奈 n~)	99	ninety-nine(奈 n~)	

100	one hundred (萬 漢得熱特)	1000	one thousand (萬 道森)	
10000	Ten thousand (天 n~ 道森)	100000	one million (萬 迷利恩~)	
備註				

b·時間(time)：

時間	英語/拼音	時間	英語/拼音	備註
一分鐘	one minute (萬 密您特)	六分鐘	six minutes (細 S 密您特)	
二分鐘	two minutes (吐 密您特)	七分鐘	seven minutes (些粉 密您特)	
三分鐘	three minutes (特利 密您特)	八分鐘	eight minutes (耶特 密您特)	
四分鐘	four minutes (佛兒 密您特)	九分鐘	nine minutes (奈 密您特)	
五分鐘	five minutes (壞夫 密您特)	十分鐘	ten minutes (天 密您特)	
一點整	one o'clock (萬 ㄠ 克拉克)	七點整	seven o'clock (些粉 ㄠ 克拉克)	
兩點整	two o'clock (吐 ㄠ 克拉克)	八點整	eight o'clock (耶特 ㄠ 克拉克)	
三點整	three o'clock (特利 ㄠ 克拉克)	九點整	nine o'clock (奈 ㄠ 克拉克)	

四點整	four o'clock (佛兒 幺 克拉克)	十點整	ten o'clock (天 幺 克拉克)	
五點整	five o'clock (壞夫 幺 克拉克)	十一點整	eleven o'clock (一類粉 幺 克拉克)	
六點整	six o'clock (細 S 幺 克拉克)	十二點整	twelve o'clock (退兒夫 幺 克拉克)	
一點 六分鐘	one o'clock six minutes(萬 幺 克拉克細克 S 密您特)	十二點 三十分鐘	twelve thirty minutes (退兒夫 得替 密您特)	
三小時	three hours (特利 奧兒 S)	二十四 小時	twenty-four hours (湍替 佛兒 奧兒 S)	
備註				

c‧日期(date)：

日期	英語/拼音	日期	英語/拼音	備註
早上	Morning(莫您)	傍晚	Evening(一夫您)	
中午	Midday(密蝶)	晚上	Night(奈特)	
下午	Afternoon(阿 F 特奴)	午夜	Midnight(密奈特)	
今天	Today(吐蝶)	明天	Tomorrow(吐媽肉)	
昨天	Yesterday(葉 S 特蝶)	最後一天	last day(辣 s 蝶)	
星期一	Monday(曼蝶)	星期六	Saturday(薩吐蝶)	
星期二	Tuesday(特 us 蝶)	星期日	Sunday(三蝶)	
星期三	Wednesday(溫 s 蝶)	這個星期	This week(迪 S ㄨ一克)	

星期四	Thursday(ㄉㄜ s 蝶)	上星期	Last week(辣 s ㄨ一克)	
星期五	Friday(f 賴蝶)	下星期	Next week (奈克 S 特ㄨ一克)	
這個月	This month(迪 S 曼ㄔ	今年	This year(迪 S 葉兒)	
上個月	Last month(辣 S 曼ㄔ	去年	Last year(辣 s 葉兒)	
下個月	Next month (奈克 S 特　曼夫)	明年	Next year (奈克 S 特　葉兒)	
1 月	January(縮寫 Jan), (借怒兒瑞)	7 月	July(Jul),(啾賴)	
2 月	February(Feb), (費博瑞)	8 月	August(Aug), (阿給 S 特)	
3 月	March(Mar),(媽取)	9 月	September(Sep), (謝天ㄅㄜ兒)	
4 月	April(Apr),(A 婆ㄌ)	10 月	October(Oct), (阿透ㄅㄜ兒)	
5 月	May(May),(妹一)	11 月	November(Nov), (ㄋㄜ威 M ㄅㄜ兒)	
6 月	June(Jun),(啾 n~)	12 月	December(Dec), (第先 M ㄅㄜ兒)	
1 號	1st, First (佛兒 S 特)	17 號	17th, Seventeenth (些粉聽 n~)	
2 號	2nd, Second (煞肯得)	18 號	18th, Eighteenth (耶聽 n~)	
3 號	3rd, Third (得兒得)	19 號	19th, Nineteenth (奈聽 n~)	

4 號	4th, Fourth (佛兒)	20 號	20th, Twentieth (湍替)
5 號	5th, Fifth (費 f)	21 號	21st, Twenty-first (湍替 佛 S 特)
6 號	6th, Sixth (細 S)	22 號	22nd,Twenty-second (湍替 煞肯得)
7 號	7th, Seventh (些粉 n~)	23 號	23rd, Twenty-third (湍替 得兒得)
8 號	8th, Eighth (耶特)	24 號	24th, Twenty-fourth (湍替 佛兒)
9 號	9th, Ninth (奈 n~)	25 號	25th, Twenty-fifth (湍替 費 f)
10 號	10th, Tenth (天 n~)	26 號	26th, twenty-sixth (湍替 細 S)
11 號	11th, Eleventh (一類粉 n~)	27 號	27th,Twenty-seventh (湍替 些粉)
12 號	12th, Twelfth (退兒夫)	28 號	28th, twenty-eighth (湍替 耶特)
13 號	13th, Thirteenth (色聽 n~)	29 號	29th, twenty-ninth (湍替 奈 n)
14 號	14th, Fourteenth (佛聽 n~)	30 號	30th, Thirtieth (得替)
15 號	15th, Fifteenth (費 F 聽 n~)	31 號	31st, Thirty-first (得替 佛 S 特)
16 號	16th, Sixteenth (細 S 聽 n~)		

c·季節(season)：

春天	Spring(s 普林)	秋天	Autumn(阿踏 m~)	
夏天	Summer(煞麼)	冬天	Winter(溫特)	

d·年代(era)：

1900	nineteen-hundred (奈聽 漢得熱特)	60	sixty years (夕 S 替 意兒)	
2000	two-thousand (吐 道森)	100	One-hundred (萬 漢得熱特)	

e·方位(position)：

東	East(意 S 特)	南	South(掃 S)	
西	West(威 S 特)	北	North(諾 S)	
備註	**日期的英文寫法：** 如果是一號、二十一號、三十一號： 英文=1st, 21st, 31st (就是數字後面要加 st)十一號為 11th。 如果是二號、二十二號： 英文=2nd, 22nd (數字後面加 nd)十二號為 12th。 如果是三號、二十三號： 英文=3rd, 23rd (數字後面加 rd)十三號為 13th。 其他的後面加「th」就可以： 例如：17th, 25th, 9th。			

三、生活篇

A/問候用語

B/介紹用語

C/祝賀用語

D/道歉用語

E/飲食用語

F/購物用語

G/娛樂用語

H/社交禮儀

本單元分為：問候用語、介紹用語、祝賀用語、道歉用語、飲食用語、購物用語、娛樂用語，以及社交禮儀等八個項目。不熟練基礎篇及必備篇的學習技巧，本單元後的英語會話，就必需靠死背學習，方能見效。尤其是與對方交談，除自己會講外，也要聽的懂對方說的話，故說與聽就顯的非常重要。

如果，只為旅遊等以英語與人交談，英語文法就不是那麼重要，縱文法錯誤對方也聽得懂。當然，如果在正式場合交談等，縱對方聽得懂，但那是代表一個人，或一個國家的水準，不得不慎，故還是要熟練文法會話。

A/問候用語(Greetings)：

本單元包含常用單句與文法應用二個項目。在社交場合中，簡單的招呼或主動的問候，就能與人交流溝通。茲列舉如下：

a·常用單句(Commonly used single sentences)：

中文	英語/拼音	中文	英語/拼音	備註
早安	Good morning (故 摸寧)	見面/認識	Meet(密特)	
午安	Good afternoon (故 阿夫特嫩)	很高興	Nice to(奈 S 吐)	

三、生活篇

晚安	Good night (故 奈特)	大家好	Hello,every one (哈囉 耶威 萬)	
日安	Good day(故 蝶)	在哪裡	Where to(惠兒 吐)	
久仰	Long admired (落ㄥ~ 葉麥兒)	不舒服	Uncomfortable (安卡 M 佛特ㄅ)	
快樂	Happy(嘿比)	來自	Come from (康母 夫讓 M)	
超市	Supermarket (速ㄆ馬 K)	我明白	I see(哀 細)	
感冒	Sick(謝克)	不知道	Don't know (東特 諾)	
順利/美好	Fine(壞恩)	我願意	I do(哀 度)	
愉快	Pleasant (ㄆ列森特)	片刻	Moment(摸們特)	
必須	Must(罵 S 特)	巴士	Bus(巴士)	
晚上好	Good Evening (故 一文寧)			
備註				

b‧文法應用(grammar application)：

Hi！ / Hello！ / Nice to meet you！
(嗨) 嗨！ / (哈囉) 您好！/ (奈 S 吐 密特 U) 很高興認識您！

Good morning. / Good afternoon|！
(故 摸寧) 早安！ /(故 阿夫特嫩) 午安！

Good evening！ / Good day！
(故 一文寧) 晚上好！ /(故 蝶) 日安！

以上是時下最常見輕鬆的打招呼方式。

以下是比較正式的打招呼、問候方式：

問候：How do you do / How are you？
(號 度 U 度)您好嗎？/(號 阿兒 U) 您好嗎？

問候：How have you been？
(號 嘿夫 U 背 n~) 您最近過的如何呀？

回答：I am good！/ I am fine！
(哀 演 故得)/(哀 演 壞恩) 我很好！

回答：good！ And you？
(故得！ 演 U) 不錯！您呢？

回答： So far so good！
(受 法 受 故得) 到目前都還好！

回答： I cannot complain too much！
(哀 肯諾 抗瀑戀 吐 罵ㄔ) 我不能抱怨太多(還好)！

問候： Hi！Are you happy？
(嗨！阿兒 U 嘿比) 嗨！您過的快樂嗎？

回答： Yes! I am happy！
(葉S！哀 演 嘿比) 是的！我快樂！

問候： Nice to meet you！
(奈 S 吐 密特 U) 很高興認識您！

回答：Me too！
(密 吐) 我也是！

問候：Where are you headed？
(惠兒 阿兒 U 嘿得t) 您去哪裏？

回答： I go to supermarket！
(哀 夠 吐 速ㄆ馬克) 我去超市！

問候：What's wrong with you？
(畫特S 巫弄 威夫 U) 您怎麼了？

回答： It's nothing！
(一特S 那聽) 我沒事！

問候：You look under the weather today？
(U 諾克 安得 得 威得 吐蝶) 您今天好像不舒服？

回答：Yes! I am sick！
(葉S！哀 演 謝克) 是的！我感冒了！

問候：How are things going？
(號 阿兒 聽S 夠印) 事情進行的怎樣?

回答： I am fine！
(哀 演 壞恩) 我很順利！

回答： I am not going well！
(哀 演 那特 夠印 威ㄌ) 我不順利！

客人： It is getting late I have to leave！
(以特 以S 給聽 類特 哀 嘿夫 吐 利夫)
太晚了，我該走了！

主人：Do you really have to leave？
(度 U 瑞兒利 嘿夫 吐 利夫)
您真的必須走嗎？

客人：Yes I have to catch the last bus.
(耶S 哀 黑夫 吐 開取 得 拉S特 巴士)
我必須趕搭最後一班巴士。

主人：Well I won't keep you then！
(威ㄌ 哀 旺N特 克意ㄆ U 店)
那麼我就不再留您!

客人： I've had a pleasant time this evening！
(哀夫 嘿得 兒 ㄆ列森特 太M 迪S 一文您)
今晚太愉快了！

主人： Drop in again any time！
(地落ㄆ 印 兒根N A妮 太M)
歡迎隨時來玩!

主人：Hope you have a pleasant trip！
(厚ㄆ U 嘿夫 兒 ㄆ列森特 提利ㄆ)
祝您旅途愉快!

客人：Thank you for picking me up.
(參克 Q 佛兒 皮克英 密 阿ㄆ)
謝謝您來接我。

主人： I have booked a room for you.
(哀 嘿夫 布克得 兒 潤M 佛兒 U)
我們到旅館去吧！我已經替您訂好房間。

客人：Thank you for seeing me off.
(參克 Q 佛兒 細英 密 歐夫)
謝謝您來送我。

主/客：Goodbye! I will miss you！
(故拜 哀 威ㄌ 密S U)
再見！我會想您的!

B/介紹用語(Introductory phrases)：

本單元包含常用單句與文法應用二個項目。以英語與人交流，除問候外，接著自然是自我介紹及介紹他人。茲列舉如下：

a·常用單句(Commonly used single sentences)：

中文	英語/拼音	中文	英語/拼音	備註
名字	Name(念母)	祖父	Grandfather (估連發得)	
介紹	Introduce (因特入丟ㄙ)	祖母	Grandmother (估連媽得)	
年齡	Age(A 依基)	雙親	Parents(佩忍 S)	
停留	Staying(S 蝶印)	父親	Father(發得)	
坐下	Sit down(夕 盪)	母親	Mother(媽得)	
興趣	Interest (因特熱 S)	兒子	Son(煞 N~)	
文化	Culture(考曲兒)	女兒	Daughter(督特)	
旅遊	Tourism (吐兒利審 m)	兄弟	Brother(布拉得)	
美食	Delicious (低利西兒 S)	姊妹	Sister(細斯特)	
籃球	Basketball (巴 S 給 T 波)	哥哥	Older brother (歐巫得 布拉得)	

三、生活篇

請隨意	Help yourself 嘿ㄆ UR 謝耳 F)	弟弟	Younger brother (呀恩哥 布拉得)	
謝謝	Thank you (參克 U)	姊姊	Older sister (歐巫得 西斯特)	
傾聽	Hearken(哈見)	妹妹	Younger sister (呀恩哥 西斯特	
天下/世界	World(沃兒得)	家族	Family(飛麼利)	
城市	City(細替)	太太/妻子	Wife(外夫)	
大學	University (U 逆 VS 第)	丈夫	Husband (哈斯爸恩)	
研究所	Institute (引 S 第督)	夫妻	Married(妹利得)	
畢業	Graduate (哥雷久 A 特)	女婿	Son in law (喪 N~ 引 羅)	
教授	Professor (ㄆ飛色)	男朋友	Boyfriend (播依夫類恩)	
同學	Classmates (克拉 S 媚 T 斯)	女朋友	Girlfrieng (哥兒夫類恩)	
漢學	Sinology (塞諾羅基)	朋友	Friend(夫練)	
出版	Publishing (怕 B 利型)	孩子	Child(洽兒得)	
公司	Company (卡恩帕妮)	孩子們	Children (秋得忍)	
科技	Technology (鐵諾羅基)	成年人	Adult(阿道特)	

外國人	Foreigner (佛利呢)	親戚	Relative (類拉替夫)	
職業	Occupation (OQ 佩秀 N~)	學生	Student (S 丟等特)	
職員	Employee (耶姆ㄆ落依)	警察	Police(普利斯)	
公務員	Government (嘎ˇㄦ門特) clerk (克拉克)	醫生	Doctor(達克特)	
教師	Teacher(替球)	律師	Lawyer(落呀)	
主婦	Housewife (號斯哇依夫)	工程師	Engineer (耶恩基妮 R)	
經理	Manager (媽內久)	農夫	Farmer(發媽)	
美容師	Beautician (畢巫替西恩~)	司機	Driver(跩ˇㄦ)	
作家	Writer(日來特)			
畫家	Painter(佩恩特)			
備 **註**				

b‧文法應用(grammar application)：

Your name please？
(UR　念母　ㄆ利斯)　請問尊姓大名？

Hello everyone! Let me introduce　myself first.
(哈囉　耶威萬　　列t　密　因特惹丟S　埋謝　佛S特)
大家好！我先自己介紹。

My name is　pu-der Cai. Nice to meet you.
(埋　念母　以S　普　得　蔡　奈S　吐　密特　U)
我的名字是蔡普得，很高興認識您。

My name is　pu-der Cai. I grew up in Changhua City.
(埋　念母　以S　普　得　蔡　哀　各屋　阿ㄆ　印　彰化　細替)
我是蔡普得，我在彰化市長大。

My name　is pu-der Cai. I come from Taiwan.
(埋　念母　以S　普　得　蔡　.哀　康m　夫讓　臺灣)
我是蔡普得，我來自臺灣。

Where are you from？
(惠兒　阿兒　U　夫讓)　您來自哪裡？

I　am currently studying　in the English
(哀　演　克人力　斯塔地英　印　得　英個利遜)
Department of Yunlin University.
(地帕特們　OF　雲林　U逆VS西地)
我目前就讀於雲林大學英語系。

I am a graduate with a master's degree
(哀 演 兒 哥雷久A特 威夫 兒 馬斯特S 地哥利)
我是碩士畢業生。

from the Institute of English at Yunlin University.
(夫讓 得 引S第督 OF 英個利遜 耶特 雲林 U逆VS西地) 我是雲林大學英語研究所碩士畢業。

I graduated from National Taiwan University
(哀 哥雷久A得 夫讓 揑西恩呢 臺灣 U逆VS西地)
with. a bachelor degree in Finance.
(威夫 兒 巴且拉 迪哥利 印 ㄈ哀年S)
我畢業於國立臺灣大學主修財金系。

I am a professor at the Institute of Sinology at
(哀 演 兒 ㄆ飛色 耶特 得 引 S 第督 OF 塞諾羅基 耶特)
Yunlin University, specializing in Taiwanese culture.
(雲林 U逆VS西地 西別色來勁 印 臺灣 考且兒)
我是雲林大學漢學研究所的教授，專門研究臺灣文化。

I currently work at Sky Publishing.
(哀 克人力 沃克 耶特 S概 怕B利型)
我目前在天空出版社工作。

I am the editor of Sky Publishing.
(哀 演 得 A迪特 OF S概 怕B利型)
我是天空出版社的編輯。

I have sales experience and know how to interact with customers.
(哀 嘿夫 笑S 欸S皮利恩SN 諾 號 吐 引特列 威夫 卡S特麼S) 我有銷售經驗，知道如何面對客戶。

My interest is traveling.
(埋 因特熱S 以S 特雷ᵛㄦ另)
我的興趣是旅遊。

I want to eat all the delicious food in the world.
(哀 萬特 吐 以特 阿ㄌ 得 低利西兒S 夫得 印 得 沃兒得)
我想吃盡天下美食。

I want to travel around the world.
(哀 萬特 吐 特雷ᵛㄦ 兒繞 得 沃兒得)
我想遊遍世界各地。

I often play basketball with my classmates.
(哀 O分 ㄆ類 巴S給T波 威夫 埋 克拉S媚T斯)
我常跟同學打籃球。

My age is 30 years old
(埋 A依基 以S 得替 意兒S 歐得)
我的年齡有30歲。

Ms Lin! Let me introduce you to Mr. Li.
(密S 林 類特 密 因特惹丟斯 U 吐 密斯特 李)
林小姐！我來為您介紹這位李先生。

This Mr. Li is the boss of Puder Technology Company.
(迪S 密斯特李 以S 得 波SOF 普得 鐵諾羅基 卡恩帕妮) 這位李先生是普得科技公司的老闆。

This Mr. Cai is the president of Sky Publishing House.
(迪S 密斯特 蔡 以S 得 ㄆ類西等特 OF S概 怕B利型號S) 這位蔡先生是天空出版社的社長。

This is my wife. This is Mr Lee.
(迪S 以S 埋 外夫 迪S 以S 密斯特 李)
讓我為您介紹，這是我太太，這是李先生。

How do you do Mr Lee.
(號 度 U 度 密斯特 李)
久仰！李先生。

This is my father.
(迪S 以S 埋 發得) 這是我的父親。

This is my friend.
(迪S 以S 埋 夫練) 這是我的朋友。

He is a foreigner.
(嘻 以S 兒 佛利呢) 他是外國人。

My son is an adult!
(埋 煞N 以S 耶N 阿道特)
我的兒子已經成年了

Thank you for your hearken!
(參克 U 佛兒 UR 哈見)
感謝您的傾聽！

C/祝賀用語(Congratulatory phrases)：

本單元包含常用單句與文法應用二個項目。祝賀用語是我們日常生活中，經常會使用的詞句。茲列舉如下：

a·常用單句(Commonly used single sentences)：

中文	英語/拼音	中文	英語/拼音	備註
恭喜	Congratulations (抗哥類就類訓 S)	生日	Birthday (ㄅㄜ夫蝶)	
聖誕節	Christmas (庫利 S 麼 S)	新年	New Year (紐 意兒)	
運氣	Luck(辣克)	一切/每一個	Every(耶威力)	
順利/成功	Success (色克謝 S)			
備註				

b‧文法應用(grammar application)：

Congratulations！(抗哥類就類訓S)　恭喜！

Happy birthday！(嘿比　ㄅㄜ夫蝶)　生日快樂！

Merry Christmas！(妹瑞　庫利S麼S)　聖誕快樂！

Happy New Year！(嘿比　紐　意兒)　新年快樂！

Good luck to you！(故　辣　吐　U)　祝您好運！

Wish you every success！
(威虛　U　耶威利　色克謝S)　祝您一切順利！

D/道歉用語(Apologetic phrases)：

本單元包含常用單句與文法應用二個項目。道歉用語是我們日常生活中，經常會使用的詞句。茲列舉如下：

a.常用單句(Commonly used single sentences)：

中文	英語/拼音	中文	英語/拼音	備註
對不起	Sorry(受瑞)	原諒	Pardon(帕登)	
錯誤	Mistake (密斯貼克)	道歉	Apologize (兒潑了債茲)	
遲到	be late (畢 類特)	接受	Accept(兒謝ㄆ特)	
傷心	Sad(薩得)	抱歉/後悔	Regret(瑞格類特)	
意思	Mean(密 n~)	打擾	Bother(爸得)	
備註				

b‧文法應用(grammar application)：

Sorry！(受瑞)　對不起！

Your pardon！(UR 帕登)　請原諒！

I　m　sorry！to be　late.
(哀 演 受瑞　吐 畢 類特)　抱歉！我遲到了。

I　made a　mistake　I　apologize！
(哀 妹得 兒 密斯貼克 哀 兒潑了債茲)
我錯了，我道歉！

Please　accept　my apology！
(ㄆ利斯 兒謝ㄆ特 埋 兒潑了基)
請接受我的道歉！

I　regret　having　hurt your feelings.
(哀 瑞格類特 嘿偉英 賀兒 UR 飛鈴S)
抱歉！傷了您的心。

I　didn't　mean to bother you！
(哀 地等特 命N　吐 爸得　U)
我無意打擾您！

E/飲食用語(Food and drink phrases)：

本單元包含常用單句與文法應用二個項目。飲食用語是我們日常生活中，經常會使用的詞句。茲列舉如下：

a‧常用單句(Commonly used single sentences)：

中文	英語/拼音	中文	英語/拼音	備註
早餐	Breakfast (布類克發 S 特)	吐司	Toast(透 S 特)	
中餐	Lunch(拉恩 ㄔ)	麵包	Bread(播類得)	
晚餐	Dinner(滴那兒)	玉米片	Corn Flakes (冠 n~ ㄈ列克 S)	
點心	Snack(S 那克)	燕麥片	Oatmeal (O 特咪兒)	
飲料	Drinks(得另 S)	鬆餅	Muffin(媽分)	
下午茶	Afternoon tea (阿ㄈ特濃 替)	培根	Bacon(貝肯)	
早餐店	Breakfast Shop (布類克發 S 特 西 O ㄆ)	熱狗	Hot dog (哈特 豆哥)	
飲料店	Beverage shop (貝 ˇㄦ類 G 西 O ㄆ	蛋	Egg(耶哥)	
咖啡館	Cafe(咖啡)	煎蛋	Fried Egg (夫拉依得 耶哥)	
餐/飯館	Restaurant (瑞 S 多人特)	水煮蛋	Boiled Egg (播油兒得 耶哥)	

大飯店	Grand Hotel (哥雷恩 和跳)	蛋包飯	Omelet (OM 類特)	
餐廳	Dining room (呆寧 潤 m)	湯麵	Noodle soup (奴朵 S ㄆ)	
自助餐	buffet(補費特)	麵條	Noodle(奴朵)	
吃到飽	All you can eat (阿 U 肯 以特)	義大麵	Pasta (怕絲塔)	
便當	box lunch (波 S 拉恩ㄔ)	炒麵	Fried noodle (夫拉得 奴朵)	
宴會	Banquet (便苦欸特)	炒飯	Fried rice (夫拉得 瑞來 S)	
領班	Foreman (佛勉)	白飯	White rice (巫哀特 瑞來 S)	
廚師	chef(茄ㄈ)	清粥	Rice gruel (瑞來 S 古洛兒)	
男服務員	Waiter(威特)	春捲	Spring rolls (S 普另 洛兒)	
女服務員	Waitress (威特熱 S)	雞肉	Chicken (七肯)	
客人	Guest(給 S 特)	豬肉	Pork(破 R ㄎ)	
調酒師	Bartender (罷天得 R)	牛肉	Beef(畢夫)	
中國菜	Chinese food (蔡妮 S 夫得)	牛排	Steak(斯貼克)	
單點	à la carte (阿拉卡特)	魚	Fish(飛虛)	

菜單	Menu(妹妞)	蔬菜	Vegetable (偉基特播)	
面紙	Tissue(替蘇)	竹筍	Bamboo shoots (貝布 咻特)	
手巾	Hand towel (黑 n~ 他窩兒)	玉米	Corn(冠 n~)	
熱的	Hot(哈特)	茄子	Eggplant (耶哥普蘭特)	
冷的	Cold(扣得)	杏仁	Almond(阿門得)	
大杯	Large(拉曲)	栗子	Chestnut (切時特那特)	
中杯	Medium cup (米迪恩 M 卡ㄆ)	芹菜	Celery(誰了利)	
小杯	Small cup (S 莫 卡ㄆ)	青椒	Green pepper (古利恩 佩帕)	
刀	Knife(奈夫)	洋蔥	Onion(案妮恩)	
叉	Fork(佛克)	波菜	Spinach (S 匹妮ㄔ)	
湯匙	Spoon(斯不恩)	蘑菇	Mushroom (媽咻魯母)	
筷子	Chopsticks (七歐ㄆ S 替克)	金瓜	Pumpkin (帕阿 M 克一 n)	
杯子	Cup(卡ㄆ)	蕃茄	Tomato(頭媽頭)	
盤子	Plate(ㄆ類特)	紅羅蔔	Carrot(可耶熱特)	
餐桌	Dining table (呆寧 鐵ㄅ兒)	小黃瓜	Cucumber (Q 卡 M ㄅ)	

餐椅	Dining Chair (呆寧　切兒)	高麗菜	Cabbage (卡呀別基)	
餐具	Tableware (鐵ㄅ兒偉兒)	蔥	Leek(利克)	
酒	Liquor(利卡)	辣椒	Chili(其利)	
白酒	Liquor(利卡)	湯	Soup(蘇ㄆ)	
紅酒	Wine(外~)	濃湯	Gumbo(嘎 m ㄅ)	
啤酒	beer(畢兒)	調味料	Seasoning (洗神寧)	
生啤酒	Draft beer (到拉夫特　畢兒)	調味醬	Sauce(搜 S)	
伏特加	Vodka(臥卡)	胡椒	Pepper(配帕)	
雞尾酒	Cocktail (卡克貼兒)	美乃滋	Mayonnaise (妹兒內茲)	
白葡萄酒	White wine (外依特　外~)	芥末粉	Mustard (媽 S 踏得)	
紅葡萄酒	red wine (類到　外~)	番茄醬	Ketchup(給洽ㄆ)	
水果	Fruit(夫魯特)	醬油	Soy sauce (搜依　搜 S)	
葡萄	Grape(古類普)	橄欖油	Olive oil (O 利夫　歐伊兒)	
李子	Plum(ㄆ拉姆)	水	Water(哇特)	
梨子	Pear(胚兒)	冰塊	Ice cubes (愛 S Q ㄅ)	

櫻桃	Cherry(切利)	紅茶	Black tea (布拉克　替)	
草莓	Strawberry (S特貝利)	綠茶	Green tea (古利恩　替)	
檸檬	Lemon(類們)	奶茶	Milk tea (謬克　替)	
蘋果	Apple(A婆)	咖啡	Coffee(咖啡)	
柳丁	Orange(O類基)	橘子汁	Orange Juice (O類基　啾 S)	
芒果	Mango(妹勾)	番茄汁	Tomato juice (頭媽頭　啾 S)	
桃子	Peach(匹ㄔ)	蘋果汁	Apple juice (A婆　啾 S)	
鳳梨	Pineapple (派 A普兒)	檸檬茶	Lemon tea (類們　替)	
香蕉	Banana(爸娜娜)	礦泉水	Mineral water (妹內熱兒　哇特)	
無花果	Fig(飛哥)	克克亞	Cocoa(叩叩阿)	
奇異果	Kiwi(克依 V)	牛奶	Milk(謬克)	
肚子餓	Hungry(哈ㄥ古利)	甜點	Dessert(迪蛇特)	
服務費	Service charge (色 V斯　洽己)	起司	Cheese(汽 S)	
清潔	Clean(可客)	蛋糕	Cake(克 A克)	
外送	Delivery (迪利 V ㄦ利)	布丁	Pudding (普丁)	

外帶	Takeaway (貼克威)	果凍	Jelly(界利)	
滿足	great(古類特)	冰淇淋	Ice cream (哀 S 克利 M)	
宿醉	hungover (航歐 ˇ ㄦ)			
櫃檯	Front Desk (F 浪 蝶斯克)			
結帳	Checkout (確克奧特)			
簽帳	check(確克)			
備註				

b·文法應用(grammar application)：

G： I reserved a table for two.
(哀 瑞色夫 兒 貼ㄅ兒 佛兒 吐)
我預定了二個位子。

W：Your name please？
(UR 念母 ㄆ利斯) 請問尊姓大名？

G：My name is pu-der Cai.
(埋 念母 以S 普 得 蔡) 我的名字是蔡普得。

W：Yes！Mr .Cai, Please go this way.
(葉S 密斯特 蔡 ㄆ利斯 夠 迪S 威)
是的！蔡先生請這邊走。

G： I am hungry！
(哀 演 航古利) 我肚子餓！

G：How about some dinner？
(號 阿抱特 尚m 滴呢兒)
要不要一起吃晚餐？

G：Let me pay！
(類特 密 配依) 我請客！

G： Menu please！
(妹妞 ㄆ利斯) 請給我菜單！

G：I have no idea！
(哀 嘿夫 諾 哀地兒) 我完全不懂！

G：Is it all-you-can-eat？
(以S 以特 阿 U 肯 以特) 是吃到飽嗎？

G：What is this？(晝特 以S 迪S) 這是什麼？

G：Same as usual.(蛇M 欸S 尤蘇兒) 跟以前的一樣。

G：The same please.(得 蛇M ㄆ利斯) 跟那個一樣的。

G：How to do this？(號 吐 度 迪S) 這怎麼做？

G：What do you recommend？
(晝特 度 U 類扣妹得) 有什麼推薦的菜？

G：Is it tasty？(以S 以特 鐵S替) 好吃嗎？

W：So So！(受 受) 馬馬虎虎啦！

W：How would you like your steak？
(號 巫得 U 賴克 UR 斯貼克)
牛排要幾分熟？

G：Medium Please.(密地恩 ㄆ利斯)
中等程度就好。

W：Please use it slowly！
(ㄆ利斯 US 以特 S洛利) 請慢用！

W：Do you want seasoning/sauce？
(度 U 萬特 洗神寧 / 搜S)
您要調味料/調味醬嗎？

W：Do you want dessert？
(度 U 萬特 迪蛇特) 您要甜點嗎？

G：No Have two cups of coffee！
(諾 嘿夫 吐 卡ㄆS OF 咖啡)
不要！來兩杯咖啡！

W：How about ice cream？
(號 阿抱特 艾斯 克利M)
您要不要來個冰淇淋？**G**：Give me this/that！
(給ㄈ 密 迪S/蝶特) 給我這個/那個！

G：Give me Banana！
(給ㄈ 密 爸娜娜) 給我香蕉！

G：Beer please.(畢兒 ㄆ利斯) 給我一瓶啤酒！

W：Would you like a refill？
(巫得 U 賴克 兒 瑞飛ㄌ) 再來一杯如何？

G：One more beer please！
(萬 某 畢兒 ㄆ利斯) 啤酒再來一瓶！

G：We won！(威 旺n) 贏啦！

W：Wow！(哇) 真厲害！

G：I can't take it！
(哀 卡恩特 貼克 以特) 我受不了啦！

W：Way to go！(威 吐 夠) 您還真行嘛！

G：I am hungover！(哀 演 航歐ㄦ) 我宿醉了！

W： I hope you enjoy your dinner.
(哀 厚普 U 恩就依 UR 滴呢兒)
希望您會喜歡您的晚餐。

G：I am feel great！(哀 演 飛兒 古類特) 我很滿足！

G：How much？(號 罵ㄔ) 多少錢？

G：I have the check？
(哀 嘿夫 得 確克) 我可以簽帳嗎？

W： Yes here you are.
(葉斯 嘻兒 U 阿兒) 可以的，請簽在這裡。

G： Let's get together！
(類特S 給 吐給得) 我們後會有期！

W：Please come again！
(ㄆ利斯 卡M 兒給n) 歡迎再度光臨！

F/購物用語(Shopping phrases)：

本單元包含常用單句與文法應用二個項目。購物用語是我們日常生活中，經常會使用的詞句。茲列舉如下：

a.常用單句(Commonly used single sentences)：

中文	英語/拼音	中文	英語/拼音	備註
顏色	Color(卡了)	肥皂	Soap(搜ㄆ)	
藍色	Blue(ㄅ露)	洗髮精	Shampoo (謝 am 普)	
淺藍色	Light blue (賴特 ㄅ露)	沐浴乳	Shower Gel (燒 ˇㄦ 交)	
綠色	Green(古利恩)	毛巾	Towel(踏 ˇㄦ)	
紅色	Red(瑞得)	牙膏	Toothpaste (吐夫佩斯特)	
白色	White(外依特)	牙刷	Toothbrush (吐夫布拉秀)	
黑色	Black(布拉克)	衛生紙	Toilet paper (透依了特 佩趴)	
褲子	Trousers (特繞色斯)	雨傘	Umbrella (阿母布類拉)	
洋裝	Dress(得列 S)	尺寸	Size(塞斯)	
裙子	Skirt(斯哥特)	太大	Too big(吐 畢ㄍ)	
襯衫	Shirt(旭兒特)	太小	Too small (吐 S 摸)	

衣服	Clothes(克落 S)	更換	Replace (瑞ㄆ類 S)	
西裝	Business suit (畢 S 呢 S 蘇特)	折扣	Discount (地斯靠特)	
外套	Jacket(傑克特)	當然/確定	Sure(秀兒)	
內衣	Lingerie (龍者瑞)	當然可以	Of course (OF 寇斯)	
內褲	Underwear (安得巫 A)	大賣場	Hypermarket (海ㄆ兒馬 K 特)	
礦泉水	Mineral water (米呢熱兒 哇特)	太貴	Too expensive (吐 依斯聘細夫)	
飲料	Drinks(得另 S)	便宜	Cheap(去ㄆ)	
零食	Snack(S 那克)	超市	Supermarket (速ㄆ馬 K 特)	
泡麵	Instant noodles (印 S 等 奴朵)	百貨公司	Department store (地帕特們 S 多兒)	
水果	Fruit(夫魯特)	光碟	CD-ROM(CD-隆)	
鬧鐘	Alarm Clock (阿辣 M 克漏克)	隨身碟	Flash drive (夫類 S 得來夫)	
時鐘	Clock(克漏克)	螢幕	Screen(斯克利 n)	
手錶	Wristwatch (利斯特哇ㄔ)	軟體	Software (搜夫特威兒)	
微波爐	Microwave oven (麥克漏偉夫 阿文)	網際網路	Internet (印特內特)	
冰箱	Refrigerator (利夫瑞吉類特)	網站	Web site (威ㄅ 賽特)	
冷氣機	Air conditioner (AR 卡恩地神呢)	密碼	Password (趴斯哇得)	

暖氣機	Heater(嘻特)	鉛筆	Pencil(偏手)	
收音機	Radio(類地歐)	橡皮擦	Eraser(依類色)	
電視	Television (帖利 V 順)	原子筆	ballpoint pen (播兒剖恩特 片)	
洗衣機	Washing machine (哇嘻印 每細恩)	筆記本	Notebook (諾特布克)	
果汁機	Blender (布類恩達)	立克白	Whiteout (外特阿巫特)	
電扇	Electric fan (依類替利克 反)	剪刀	Scissors (西遮兒斯)	
錄影機	Video(V 依地歐)	美工刀	Utility knife (尤提利提 奈夫)	
烤土司機	Toaster(特斯踏)	漿糊	Glue(故兒)	
電腦	Computer(扛普特)	尺	Ruler(入辣)	
筆記型電腦	Notebook Computer (諾布克 扛普特)	計算機	Calculator (考 Q 類依踏)	
病毒	Virus(外了 S)	釘書機	Stapler(斯踏普拉)	
監視器	Monitor (摸妮特)	圖釘	Thumbtack (他 M 踏克)	
傳真機	Fax(發克斯)	文書夾	File(佛依兒)	
讀取	Read(利得)	迴紋針	Clip(克利ㄆ)	
儲存	Save(謝夫)	空白紙	Memo pad (妹某 趴得)	
備　註				

b·文法應用(grammar application)：

What can I do for you？
(畫特 肯 哀 度 佛兒 U) 我能為您服務嗎？

I am just looking thank you！.
(哀 演 價斯特 路克英 參克 Q)
謝謝！我只是看看。

I want to buy a dress.
(哀 萬特 吐 拜 兒 得列S) 我想買套洋裝。

This way please！(迪 S 威 ㄆ利斯) 這邊請！

How much is this？
(號 罵ㄔ 以S 迪S) 這件多少錢？

600 dollars！(細 S 汗得熱得 達了 S) 600美元

600 dollars？Too expensive！Can you make it cheaper？
(細S 汗得熱得 達了S？ 吐 依斯聘細夫！肯 U 每克 以特 去ㄆ兒)
600美元？太貴了！能算便宜一點嗎？

Well For you just today 420 dollars How is that？
(威ㄌ 佛兒U價斯特 吐蝶 佛汗得熱得 達了S號 以S蝶特)
嗯！好吧算您420美元，如何？

I don't like this color！Do you have one in light blue？
(哀東特 賴克 迪S 卡了！度U 嘿夫 萬 印 賴特 ㄅ露)
我不喜歡這個顏色！有沒有淺藍色的？

Yes　of course！How about　this one？
(葉S OF 寇斯！　號　阿抱特 迪S 萬)
當然有！這套如何？

Can I　try　it　on？
(肯 哀 特萊 以特 甕) 能試穿嗎？

Sure！This way please.
(秀兒　迪S 威 ㄆ利斯) 當然！請這邊走。

Where can I　buy a　shirt？
(惠兒　肯 哀 拜 兒 旭兒特) 在哪裏可以買到襯衫？

We have　a　Shirt Department on the　2nd　floor.
(威 嘿夫 兒 旭兒特 地帕特們 甕 得 煞肯得 F漏兒)
我們2樓有襯衫部。

Do　they sell　shirts here?
(度 蝶一 笑ㄌ 旭兒特 嘻兒) 這裡賣襯衫嗎？

Show me a　shirt　in my size　please.
(秀　密 兒 旭兒特 印 埋 塞斯 ㄆ利斯)
請給我看合我尺寸的襯衫。

May I　take your measurements.
(妹 哀 貼克 UR 妹色們斯) 請讓我量一下您的尺寸。

This is too big for me！can you show me a smaller size？
(迪S以S吐 畢ㄍ 佛兒 密！肯U秀 密 兒 斯莫了 塞斯)
這太大了！可以換件小一點的嗎？

Of course(OF 寇斯) 當然可以！

Can you give me a discount？
(肯 U 給ㄈ 密 兒 地斯靠特)
您可不可以給我打點折扣？

Well！I give you a 10 percent discount.
(威ㄌ 哀 給ㄈ U 兒 天 迫現 地斯靠特)
好吧！我給您打9折。

Is that your best price？
(以S 蝶特 UR 貝時特 ㄆ來斯) 不能再便宜一點嗎？

I take it！Thank you very much.
(哀 貼克 以特 參克 Q 威瑞 罵ㄔ)
我買了！謝謝您。

They are sold out！
(蝶一 阿兒 搜得 奧特) 賣光了！

I go to the supermarket to buy mineral water！
(哀 夠 吐 得 速ㄆ馬K特 吐 拜 米呢熱兒 哇特)
我去超市買礦泉水！

I want to buy snacks！
(哀 萬特 吐 拜 S那克) 我要買零食！

Do you have something for a headache？
(度 U 嘿夫 尚母聽 佛 兒 嘿得ㄟ克)
有沒有治頭痛的藥？

How about aspirin？
(號 阿抱特 阿斯匹靈) 阿斯匹靈好嗎？

How many pills should be take at one time？
(號 妹妮 匹兒S 秀得 畢 貼克 耶特 萬 太M)
一次應該服用多少顆藥片？

Give me two bottles of whisky please！
(給夫 密 吐 波頭斯 OF 威士忌 ㄆ利斯)
請給我兩瓶威士忌！

May I see your boarding pass？
(妹 哀 細 UR 波地英 帕斯)
我可以看您的登機證嗎？

Yes here it is.
(葉S 嘻兒 以特 以S) 好的！在這裡。

Very well what brand would you like to have？
(威瑞 威ㄌ 畫特 波戀得 巫得 U 賴克 吐 嘿夫)
很好！您想要什麼牌子的酒？

What brand of wine do you have？
(畫特 波戀得 OF 外~ 度 U 嘿夫)
您們有什麼牌子的酒？

We have Royal Salute, Mortlach, Glenfiddich.
(威 嘿夫 若遙 色路特 莫特拉赫 格蘭飛迪)
我們有皇家禮炮、莫特拉赫、格蘭飛迪。

Ok!　I　want Glenfiddich.
(OK！哀　萬特 格蘭飛迪)　好的！我要格蘭飛迪。

How much？ Can you give me some change？
(號　罵ㄔ　　肯　U　給夫 密 尚 m　欠幾)
多少錢？您能給我換一些零錢嗎？

Sure!　How much change would you like？
(蘇兒　號　　罵ㄔ 欠幾　　巫得　U　賴克)
可以！您要換多少？

Here　I　have a　100　　dollar bill
(細兒 哀 嘿夫 兒 漢得熱得 達了 必兒)
這是 100 美元的鈔票，
Please　give me 5 ten-dollar bills, 9 five-dollar bills and 5 one-dollar bills
(ㄆ利斯 給夫 密 壞夫 天達了 必兒 S，奈 壞夫達了 必兒 S 演得 壞夫 萬達了 必兒 S)　請給我 5 張 10 元，9 張 5 元和 5 張 1 元。

Do you need any coins？
(度 U 妮得 恩妮 扣一S)　要不要硬幣？

20　quarters and　the　rest　in　bill！
(湍替　跨特S 演得　得　瑞斯特 印 必兒)
20個兩毛5，剩下的給我鈔票好了！

G/娛樂用語(Entertainment phrases)：

本單元包含常用單句與文法應用二個項目。娛樂用語是我們日常生活中，經常會使用的詞句。茲列舉如下：

a·常用單句(Commonly used single sentences)：

中文	英語/拼音	中文	英語/拼音	備註
對號座位	Reserved seat (瑞色夫得 細特)	現在位置	You are here (U 阿兒 嘻兒)	
售票處	Ticket couter (替克依特 考特)	目的地	Destination (蝶 S 提捏訊)	
入門票	Ticket(替克依特)	近的	Nearby(妮兒百)	
上映中	Now showing (那巫 秀英)	遠的	Far(發)	
預告片	Preview(ㄆ利 V 尤)	廣場	Square(S 庫耶兒)	
有人氣	Popular(破匹尤了)	運動	Sport(S 剖特)	
折扣	Discount (地斯靠特)	泳裝	Swimsuit (S 偉 M 舒特)	
夜場	Soiree(S 娃類)	比賽	Game(給 M)	
今晚	Tonight(吐奈特)	騎腳踏車	Cycling (賽克另)	
日場	Matinee(媽特內)	腳踏車	Bicycle(拜細克)	
賭場	Casino(卡細諾)	出租	Rent(類踏)	

電影院	Movie theatre (母 V 依 體兒特)	游泳	Swimming (S 偉 m 銘)	
電影	Movie(母 V 依)	釣魚	Fishing(飛虛英)	
戲劇	Play(ㄆ類)	魚餌	Bait(貝特)	
歌劇	Opera(歐普拉)	浮潛	Scuba diving (S 古爸 帶 V 英)	
木偶劇	Puppet play (帕培特 ㄆ類)	網球	Tennis(天妮 S)	
音樂會	Musical(謬細克)	滑雪	Ski(S 克依)	
展覽會	Show(秀)	溜冰	Skate(S 給特)	
演唱會	Concert(扣恩色特)	帆船	Boat(播特)	
馬戲團	Circus(煞克 S)	遊艇	Yacht(唷特)	
芭蕾舞	Ballet(爸類)	露營	Camp(卡呀 m ㄆ)	
迪士克舞	Disco(迪士克)	烤肉	Barbecue (爸比 Q)	
溫泉	Hot spring (厚特 S ㄆ另)	騎馬	Horseback riding (厚斯爸克 來定)	
三溫暖	Sauna(所哪)	爬山	Mountain (冒特恩) climbing (克萊明)	
保齡球	Bowling(波巫令)			
備註				

b·文法應用(grammar application)：

Let's　go play golf？
(類特S　夠　ㄆ類　高爾夫)　我們去打高爾夫球吧？

You decide when！
(U　地塞特　惠N)　時間由你決定！

Let's　go Dutch！
(類特S　夠　達ㄔ)　我們各付各的！

Shall we dance？
(小　威　但斯)　可以跟你跳一支舞嗎？

Call me tonight！
(扣　密　吐奈特)　今晚給我電話！

How about　I invite you to watch a　movie？
(號　阿抱特　哀　印壞　U　吐　臥ㄔ　兒　母V依)
我請你看電影，如何？

OK！ Anytime　is　fine。
(OK！A妮太M　以S　壞恩)　好啊！什麼時候都可以。

Ms！The check, please.
(密S　得　切克　ㄆ利斯)　小姐！我要買單！

This movie is so good !
(迪S 母V依 以S 受 故得) 這部電影真好看！

Are you free on Sunday ? Let's go mountain climbing
(阿兒 U F利 甕 三蝶 類特S 夠 冒特恩 克萊明)
星期日你有空嗎？我們去爬山。

We will meet in the central square eight o'clock.
(威 威ㄌ 密特 印 得 現特柔 S庫耶兒 耶特 ㄠ 克拉克)
我們八點在中心廣場集合。

Let's have a barbecue on Mid-Autumn Festival !
(類特S 嘿夫 兒 爸比Q 甕 密特 歐藤m 飛S提ˇㄦ)
中秋節我們去烤肉！

What kind of meat are you going to grill ?
(畫特 慨得 OF 密特 阿兒 U 夠英 吐 哥利兒)
要烤什麼肉呢？

Shall we roast pork ?
(小 威 肉S特 破Rㄎ) 我們烤豬肉好嗎？

H/社交禮儀(Social etiquette)：

本單元包含常用單句與文法應用二個項目。社交用語是我們日常生活中，經常會使用的詞句。茲列舉如下：

a·常用單句(Commonly used single sentences)

中文	英語/拼音	中文	英語/拼音	備註
遺憾	Pity(屁替)	麵包	Bread(布類得)	
感謝	Thank(參克)	飯	Rice(瑞來 S)	
窗戶	Window(溫豆)	咖啡	Coffee(咖啡)	
電話	Telephone (貼麗鳳)	茶	Tea(替)	
知道	Know(諾)	果汁	Juice(啾 S)	
明天	Tomorrow (吐媽肉)	蘋果	Apple(A 婆)	
教堂	Church(車兒取)	頭	Head(嘿得)	
歷史	History (嘻 S 得瑞)	臉	Face(飛斯)	
幫忙	Help(嘿夊)	腳	Foot(F 特)	
停留	Staying(S 蝶英)	手	Hand(黑恩得)	
建築物	Building(畢歐定)	手指	Finger(飛恩哥)	
加油站	gas station (給 S S 蝶訓)	眼睛	Eye(愛)	

廁所	Lavatory (辣 V 頭一)	鼻子	Nose(諾茲)	
準備	Ready(瑞地)	嘴唇	Lip(利ㄆ)	
慢慢來	Take time (貼克 太 m)	嘴巴	Mouth(冒夫)	
快點	Hurry up (賀瑞 阿ㄆ)	耳朵	Ear(依兒)	
放棄	Give up (給夫 阿ㄆ)	牙齒	Tooth(吐夫)	
車站	Station(S 蝶訓)	脖子	Neck(內克)	
湖泊	Lake(類克)	乳房	Breast(布類斯特)	
旅遊	Tourism (吐兒利審)	腹部	Stomach (S 多美 K~)	
用於指距離	How far (號 法兒)	肩膀	Shoulder (秀兒得兒)	
用於指高度	How high (號 嗨)	腰部	Lower back (漏 R 爸克)	
歡迎光臨	Welcome (威ㄌ抗)	跳舞	Dancing (但形)	
朋友	Friends(夫練 S)	遲到	Late(類特)	
再見	Goodbye(故拜)	旅程	Journey(就你)	
疲倦	Tired(太一兒得)	悲傷	Sad(誰得)	
口渴	Thirsty(得斯替)	不甘心	Frustrated (發 S 特雷得)	

傷腦筋	Need help (妮得 嘿ㄆ)	害羞	Embarrassed (耶 m 爸拉斯)	
想要	Want(萬特)	生氣	Angry(A 恩故利)	
不要	Don't need (東特 妮得)	克怕	Scared(S 克耶兒)	
喜歡	Like(賴克)	驚訝	Surprised (煞普拉依茲)	
討厭	Dislike (地斯賴克)	極美/ 極優秀	Wonderful (哇恩得佛)	
		惡劣	Terrible(貼利波)	
備 註				

b·文法應用(grammar application)：

Please！(ㄆ利斯)　請！

Thank you！(參克　Q)　謝謝您！

You are welcome！(U　阿兒　威ㄌ抗)　別客氣！

Never mind！(內 ˇㄜ　麥得)　沒關係！

以上是時下最常見輕鬆的禮節用語。

以下是比較正式的禮節用語：

Sorry！my English　is　not　good.
(受瑞　埋　英個利遜　以 S　那特　故得)
抱歉！我英語講的不好。

Don't give up.(東特　給夫　阿ㄆ)　不要放棄。

Never mind.(內 ˇㄜ　麥得)　別放在心上。

I know that much！(哀　諾　蝶特　罵ㄔ)　那太簡單了！

Do you understand？(度　U　安得 S 店)　您明白嗎？

I see！(哀　細)　我明白了！

I don't know！(哀　東特　諾)　我不知道！

Let me see……(類特　咪　細)　讓我想想……

I beg your pardon！(哀 貝 UR 帕登) 請再說一遍！

Please speak slowly！
(ㄆ利斯 S畢克 S洛利) 請您講慢點！

Speak up！(S畢克 阿ㄆ) 大聲一點！

Is that so？(以S 蝶特 受) 是這樣嗎？

I don't think so！
(哀 東特 定客 受) 我不認為如此！

I am not sure！
(哀 演 那特 秀兒) 我不太確定！

You are right！(U 阿兒 R萊特) 您是對的！

Would you like to？
(巫得 U 賴克 吐) 您願意嗎？

I do！(哀 度) 我願意！

I am sorry! to hear that！
(哀 演 受瑞 吐 嘻兒 蝶特)
真遺憾！(對方發生不幸時的用語)

May I/you help you/I？
(妹 哀/U 嘿ㄆ U/哀)
我/您 可以幫 您/我 的忙嗎？

Yes！please.(葉S ㄆ利斯) 好的！請。

No thank you！(諾 參克 Q) 不！謝謝。

I want to ask about tourism？
(哀 萬特 吐 阿細 阿抱特 吐兒利審m)
我想詢問有關旅遊的事情？

Would you please open the window？
(巫得 U ㄆ利斯 O噴 得 溫豆)
麻煩您打開窗子好嗎？

May I come in？(妹 哀 康母 印) 我可以進來嗎？

Just a moment please！
(價斯特 兒 摸們特 ㄆ利斯) 請稍等！

Come in！(康母 印) 可以進來！

This is my room.(迪 S 以 S 埋 乳 m) 這是我的房間。

May I use the telephone？
(妹 哀 US 得 貼麗鳳) 我可以借用電話嗎？

How to dial？(號 吐 代歐) 怎麼撥號？

Please call me！(ㄆ利斯 扣 密) 請給我電話！

Please call 0921-273-903 I am pu-der Cai.
(ㄆ利斯 扣 O奈吐萬-吐些粉特利-奈O特利 哀 演 普得蔡) 請打0921-273-903 我是蔡普得。

Hello！Is this 222-9192？
(哈囉 以S 迪斯 吐吐吐-奈萬奈吐)
你好！這裡是222-9192嗎？

You have the wrong number！
(U　嘿夫 得　巫弄　難波)　您打錯了！

May I　close /open　the window？
(妹 哀 克若S/O噴　　得　溫豆)
我可以 關/開 窗嗎？(也可以簡單回答Ok / No)。

Please sit down！(ㄆ利斯 夕 盪)　請坐下！

Help yourself！(嘿ㄆ UR謝耳夫)　請隨意！

Want coffee, tea or　juice？
(萬特 咖啡，替 OR　啾 S)　想喝咖啡，茶或果汁？

Want　bread　or　rice？
(萬特 播類得 OR　瑞來 S)　想要麵包或飯？

Coffee please and　bread！
(咖啡 ㄆ利斯 演得 布類得)　請給我咖啡與麵包！

Want　this one or　that　one？
(萬特　迪S 萬 OR 蝶特　萬)　想要這個或那個？

Which one？(位取 萬)　哪一個？

is this one？(以 S 迪 S 萬)　是這個嗎？

No that one！(諾 蝶特 萬)　不！是那個。

How about this？(號 阿抱特 迪 S)　這個如何？

How about tomorrow？
(號　阿抱特 吐媽肉)　明天如何？

You still　work in　the same place.
(U　斯丟兒　沃克　印　得　塞母　ㄆ利斯)
您還在老地方工作。

How do you know？(號　度　U　諾)　您如何知道？

I　know it　from my friend.
(哀　諾　以特　夫讓　埋　夫練)　我從朋友那裏知道的。

What　is　the matter？
(畫特　以S　得　妹特)　怎麼回事？

What is that？(畫特　以S　蝶特)　那是什麼？

What is this？(畫特　以S　迪S)　這是什麼？

it is nothing！(以特　以S　那定)　沒什麼！

How many？(號　妹妮)　多少？(形容克數得名詞)

How many　children do you have？
(號　妹妮　秋得忍　度　U　嘿夫)　您有幾個小孩？

I　have three children！
(哀　嘿夫　特利　秋得忍)　我有三個小孩！

How much？(號　罵ㄔ)　多少？(形容錢及分量多寡)

How much　is　it　/ that？
(號　罵ㄔ　以S　以特/　蝶特)　它是/那個　多少？

This apple　costs　30　yuan.
(迪SA婆　卡S特　得替　雨演)　這個蘋果30元。

Here you are !
(嘻兒 U 阿兒) 在這裡！(表示錢在這裡並點收的意思)

Here we are！(嘻兒 威 阿兒) 我們到了！

How old are you？(號 歐得 阿兒 U) 您有多大？

How old is this church？
(號 歐得 以S 迪S 車兒取) 這座教堂的歷史有多久？

300 years of history.
(特利 漢得熱得 意兒S Of 嘻S得瑞) 有300年歷史。

How long (指時間長短) are you staying？
(號 隆 阿兒 U S蝶應) 您要停留多久？

where is the station？
(惠兒 以S 得 S蝶訓) 車站在哪裏？

How far(指距離) is the station？
(號 法兒 以S 得 S蝶訓) 車站離這裡多遠？

Where is the gas station？
(惠兒 以S 得 給SS蝶訓) 加油站在哪裏？

Where is the lavatory / washroom？
(惠兒 以S 得 辣V頭一／我S如母) 廁所在哪裡？

How high(指高度) is this building？
(號 嗨 以S 迪S 畢歐定) 這棟建築物有多高？

How deep(指深度) is this lake？
(號 地ㄆ 以S 迪S 類克) 這湖有多深？
30 meters deep！(特替 咪得 地ㄆ) 有30米深！

Where are you going？
(惠兒 阿兒 U 夠應) 您要去哪裡？
I want go to Taipei！
(哀 萬特 夠 吐 臺北) 我想去臺北！

I live in Taipei.(哀 利夫 印 臺北) 我住在臺北。

Why is he so happy！
(壞 以S 嘻 受 嘿比) 他為什麼這樣快樂！

He good at dancing
(嘻 故得 耶特 但興) 他很會跳舞。

It is very good！
(以特 以S 威利 故得) 這個很不錯！

I like it！(哀 賴克 以特) 我喜歡這個！

Are you trying to pick me up？
(阿兒 U 踹應 吐P克 密 阿ㄆ) 您想追我嗎？

My pleasure！(埋 ㄆ類蘇兒) 這是我的榮幸！

You just wait！(U 價斯特 威特) 您等著瞧吧！

Don't be late！(東特 比 類特) 不要遲到了！

When are you leaving？
(惠 N 阿兒 U 利 V 應) 您什麼時候走？

Are you ready？(阿兒 U 瑞地) 準備好了嗎？

Take your time！(貼克 UR 太 M) 慢慢來！

Hurry up！(賀瑞 阿ㄆ) 快點！

This way please！(迪 S 威 ㄆ利斯) 這邊請

Follow me please！(發露 密 ㄆ利斯) 請跟我來！

After you please！(A 夫特 U ㄆ利斯) 您先請！

Watch your step please！
(哇ㄔ UR S 蝶ㄆ ㄆ利斯) 請走好！

Please come again！(ㄆ利斯 卡母 兒根 N~) 請再光臨！

Goodbye！friends(故拜 夫練 S) 再見！朋友。

See you tomorrow！(細 U 土媽肉) 明天見！

Have a nice Weekend！
(嘿夫 阿 那依斯 威肯得) 祝您周末愉快！

以上為生活篇的英語範例，配合上述單字的組合應用，相信能相談甚歡。尤其要記得在介紹時，須配合得當的表情及肢體語言，才能成功的把自已推銷出去。

四、旅遊篇

本單元分為：海關用語、交通用語、住宿用語、遊覽用語，以及意外用語等五個項目，是從事旅遊業或自由旅行的必備。

A/海關用語(Customs phrases)：

本單元包含常用單句與文法應用二個項目。海關用語是出國旅行者的必備語言，不熟悉將寸步難行。茲列舉如下：

a·常用單句(Commonly used single sentences)：

中文	英語/拼音	中文	英語/拼音	備註
飛機	Airplane (ㄟㄆ類 n)	護照	Passport (帕 S 破特)	
航空	Aviation (ㄟ V ㄟ訊)	證件	Documents (多克 Q 們 S)	
客輪	Ferry(飛瑞)	機票	air tickets (ㄟ 提克 K 特)	
空中小姐	Stewardess (S 替沃得 S)	登機門	boarding gate (波定 給特)	
檢查官員	Officer(O 飛色)	金屬類	Metal(妹頭)	
行李	Baggage (貝給句)	筆記電腦	Laptop (拉ㄆ托ㄆ)	
託運	Consignment (克恩塞門特)	手機	cell phone (小 佛恩)	

國家	Country (康提瑞)	物品	Thing(定)	
城市	City(細替)	籃子	Basket (巴斯 K 特)	
候機室	waiting room (巫ㄟ定 如母)	標誌	Logo(漏夠)	
廣播	Announcement (演鬧斯門)	X 光機	X-ray machine (X 類 美細恩)	
碼頭	Pier(闢兒)	檢查	Examine (ㄝ接民)	
座位	Seat(細特)	自動	Automatic (O 脫美替)	
靠窗	Window (溫豆)	通關	Clearance (K 一餓人斯)	
走道	Aisle(愛兒)	鏡頭	Camera(卡妹拉)	
抵達	Arrival (額賴 v 儿)	嘔吐	Vomit(臥米特)	
毛毯	Blanket (布類客一特)	袋子	Bag(貝)	
枕頭	Pillow(屁漏)	報紙	Newspaper (紐斯佩波)	
旅客	Travelers (特拉 v 儿了 S)	亂流	Turbulence (特比尤仁 S)	
甲板	Deck(蝶ㄎ)	安全帶	seat belt (細特 必要特)	
接種證明	health card (嘿兒夫 卡得)	海浪	Waves(喂斯)	

隔壁	next door (內斯特 豆)	小心	Careful(開兒佛)	
申報	Declare (地克類兒)	稅關/ 海關	Customs (卡斯登 MS)	
香菸	Cigarette (細哥瑞特)	物品	Anything (A 妮定)	
珠寶	Pearls(ㄆ兒 S)	禮物	Presents (ㄆ列森 S)	
備 註	1. 當 No smoking(禁止吸菸)的燈號亮起時，代表飛機快要起飛了，應盡快就座，繫好安全帶，直到燈號熄滅後，才可以鬆開安全帶。 2. 在進入任何國家前，一定要先過入境海關，首先要寫 I-94 表格及海關申請表(有些國家不用)，第一個必經關口就是〝檢疫〞，必須將免疫證明書(黃皮書)，拿出來接受檢查。接著是入境證件的檢查，如果有辦理自動通關，則可從自動通關閘門通過，否則皆要從人工通關閘門通過。檢驗人員會問旅行的目的和停留的日期、住在哪裡等。通過後就是稅關檢查，目的在防止違禁品，或該申報物品沒有申報等。			

b·文法應用(grammar application)：

本單元海關用語，包含：出境海關、飛機/輪船上，以及入境海關等用語。茲列舉如下：

●.出境海關：

出境海關用語，包含：辦理登機/船、出關檢核及候機/船室等三個項目。茲列舉如下：

1.辦理登機/船：

Where is the counter of EVA Air/ Ferry？
(惠兒 以 S 得 考特 OF EVA AR/ 飛瑞)
長榮航空／客輪的櫃檯在哪裏？

Over there at the red letter sign.
(O ᵛ 儿 迪兒 耶特 得 瑞得 類特 賽 n)
有紅色霓虹標誌那裏。

I want to check in and check in my Baggage，please！
(哀 萬特 吐 確克 印 演得 確克 印 埋 貝給句 ㄆ利斯)
我要報到並託運行李。

Please show your passport ID
(ㄆ利斯 秀 UR 帕S破特 ID) 請出示你的護照證件！

Passports and baggage are here！
(帕S破特 演得 貝給句 阿兒 嘻兒)
護照及行李都在這裡！

Done！Passports and baggage are here！

(達恩！帕S破特 演得 貝給句 阿兒 嘻兒)

Please go to gate No.2.

(ㄆ利斯 夠 吐 給特 難波 吐)

辦好了！機票及行李票在這裡！請到2號登機門。

2.出關檢核：

Please show your passport and air/ship ticket！

(ㄆ利斯 秀 UR 帕S破特 演得 AR/謝ㄆ 替克K依特)

請出示你的護照及機/船票！

Please put metals, laptops, mobile phones,

(ㄆ利斯 ㄆ特 妹頭S, 拉ㄆ托ㄆ, 摸白 佛恩)

belts and other items in the basket.

(不要特 演得 阿得兒 艾特母S 印 得 巴斯K特)

請將金屬類、筆記電腦、手機、皮帶等物品放在籃子裡。

Go forward! Through X-ray machine.

(夠 佛ᵛㄦ得 吐露 X類 美細恩)

往前走！過X光機。

please raise your hands！

(ㄆ利斯 類S UR 黑恩S) 請將雙手抬起來！

Please open your suitcase and check it！

(ㄆ利斯 O噴 UR 蘇特K斯 演得 確可 以特)

請你打開行李箱檢查！

Where is the e-Gate ?
(惠兒 以S 得 一給特)
自動通關在哪裏？

Please show your passport and air tickets !
(ㄆ利斯 秀 UR 帕S破特 演得 AR 替克K特)
and look at the camera.
(演得 路克 耶特 得 卡妹拉)
請出示你的護照及機票！並看鏡頭。

Which country are you going to ? What city ?
(威ㄔ 康翠瑞 阿兒 U 夠應 吐 晝特 細替)
你要去哪個國家？哪個城市？

I am going to New York, USA !
(哀 演 夠應 吐 紐 約 USA) 我要去美國紐約！

3.候機/船室：

EVA Air Flight No. 9 delayed two hours.
(EVA AR F賴特 難波 奈 地類 吐 凹兒S)
長榮航空第9號班機延遲2小時到達。

Announcement in the waiting room !
(演鬧S門 印 得 偉定 潤m)
EVA Air Flight 9 was changed to gate 6.
(EVA AR F賴特 奈 臥S 欠基 吐 給特 細S)
候機室廣播！長榮航空第9號班機更改為6號登機門。

Please show your flight/ship ticket
(ㄆ利斯 秀 UR F賴特/謝ㄆ 替克K特)
請出示你的機/船票！

The wind is strong, be careful on boarding the boat !
(得 偉恩 以S 斯T榮 畢 開兒佛 甕 波定 得 播特)
風大，過碼頭小心！

●.飛機/輪船上：

Where is my seat ?
(惠兒 以S 埋 細特) 我的座位在哪裡？

It is over there facing the window/aisle.
(以特 以S O^{v}ㄦ 蝶 非興 得 溫豆/愛兒)
就在那裏，靠窗/走道的座位。

When will we land in los Angeles ?
(惠N~ 威ㄌ 威 巒得 印 洛 杉磯)
我們什麼時候可以到洛杉磯？

At 9：00 in the morning local time.
(耶特 奈 印 得 摸寧 羅扣 太 m)
在當地時間早上九點抵達。

What is the local time now ?
(畫特 以 S 得 羅克 太 M 鬧)
當地時間是現在幾點？

May I have a blanket and a pillow?
(妹 哀 嘿夫 兒 布類客一特 演得 兒 屁漏)
我可以借用毛毯和枕頭嗎？

Certainly! They are in the rack.
(色疼利 蝶一 阿兒 印 得 瑞克)
當然可以！它們都放在架子上。

I feel like throwing up!
(哀 飛兒 賴克 特肉應 阿ㄆ) 我覺得有點想吐！

The airsickness bag is in the seat pocket.
(得 A兒細克妮斯 貝 以S 印 得 細特 波克特)
在你座位袋中，有嘔吐用的袋子。

Do you need a glass of water?
(度 U妮得 兒 哥拉S OF 臥特) 你需不需要喝杯水？

How do you feel now?
(號 度 U 飛一兒 鬧) 你現在覺得如何？

Give me a newspaper please.
(給夫 密 兒 紐斯佩波 ㄆ利斯) 請給我一份報紙。

Would you like tea, juice, or coffee?
(巫得 U 賴克 替 啾S OR 咖啡)
你要茶、果汁，或咖啡？

I want orange juice!
(哀 萬特 O類基 啾S) 我要橘子汁！

Do you want pork, chicken or beef?
(豆 U 萬特 破R丂 七克印 OR 畢夫)
你要豬肉飯、雞肉飯，還是牛肉飯？

I want beef meal!
(哀 萬特 畢夫 謬) 我要牛肉飯！

What drink do you want? Coke, Sprite, juice?
(萬特 得瑞K 豆 U 萬特 扣克 S夊賴特 啾S)
你要什麼飲料？可樂、雪碧、果汁？

I want a Coke, thank you!
(哀 萬特 兒 扣克 參克 Q) 我要可樂，謝謝！

Waitress please take the meal!
(威特熱S 夊利斯 貼克 得 密兒) 服務員請收餐！

If you encounter turbulence,please fasten your seat belt.
(以F U 演考特 特比尤仁S 夊利斯 發神 UR 細特 必要特)
碰到亂流，請繫好安全帶！

The plane has not stopped yet. Passengers
(得 夊類N 嘿S 那特 S多夊 耶特 撇先者S)
are asked not to stand up.
(阿兒 A斯得 那特 吐 斯店得 阿夊)
飛機還沒有停穩，請旅客不要站起來！

We have arrived in New York, passengers
(威 嘿夫 額賴夫 印 紐 約 撇先者S)

please get off the plane in order!
(ㄆ利斯 給 OF 得 ㄆ類N 印 O得兒)
紐約到了，請旅客按照順序下飛機！

The waves are too big, passengers should
(得 喂斯 阿兒 吐 畢ㄍ 撇先者S 秀得)
be careful when going on deck
(畢 開兒佛 惠N 夠應 甕 蝶ㄎ)
海浪太大，旅客上甲板要小心！

●.入境海關：

本單元包含：I-94 表格、海關申報表，以及通關檢查等三個項目。茲列舉如下：

1.I-94 表格：

入境美國的外籍旅客都必須在下機前填寫兩份表格，一份是〝I-94 表格(I-94 Form)〞，一份是〝美國海關申報表(Custom Declaration)〞。I-94 表格非常重要，這是美國移民局認可您合法進入美國的證明，同時在到期之前，也能證明您沒有在美國逾期非法居留。此表格只是一張小白卡通常會由美國移民官訂在旅客的護照上，等準備離開美國出境時，再由航空公司人員收回，交給移民局，建立您出入美國國境的紀錄，不然將來有可能被美國拒絕入境。

1.I-94 表格(I-94 Form)：

I-94 FRONT　　　I-94 BACK

圖資來源：美國教育基金會-留美資訊網站

I-94 表(FORM)中英對照

U.S. Department of Justice OMR 1115-4077 Immigration and Naturalization service	美國司法部 OMR 1115-407 移民局
Welcome to the United State	歡迎來到美國
Admission Number 552738531 01	登記號碼 (舉例說明) 552738531 01
I-94 Arrival/Departure Record-Instructions	I-94 入境/離境記錄說明
This form must be completed by all persons except U.S. citizens, returning resident aliens with immigrant visas, and Canadian Citizens visiting or in transit.	除了美國公民、美國海外僑民、永久居民和加拿大公民外，所有訪問或過境的人士都必須填寫此表。
Type or print legibly with pen in ALL CAPITAL LETTERS. Use English. Do not write on the back of this form.	請用大寫字母打字或用筆填寫清楚。請用英文填寫。不要在此表背面填寫任何東西。
This form is in two parts. Please complete both the Arrival Record (Item 1 through 13) and the Departure Record (Item 14 through 17).	此表包括兩部分。請填寫入境記錄(第 1 項至第 13 項)和離境記錄(第 14 項至第 17 項)兩部分。

When all items are completed, present this form to the U.S. Immigration and Naturalization Service Inspector.	填寫完畢後，請將此表交給美國移民局官員。
Item 7 If you are entering the United States by land, enter LAND in this space. If you are entering the United States by ship, enter SEA in this space.	第 7 項內容說明-如果您從陸地進入美國，請在空格內填寫 LAND。如果您乘船進入美國，請在空格內填寫 SEA。
Form I-94(10-01-85)N	I-94 表格(10-01-85)N
Admission Number 5527385031 01	登記號碼 5527385031 01
Immigration and Naturalization Service	移民局
I-94 Arrival Record	I-94 入境記錄
1.Family Name (TSAI)	1.姓氏 (蔡)
2.First (Given) Name (PU-DER)	2.名字 (普得)
3.Birth Date(Day/Month/Year) (01/01/1955)	3.生日(日/月/年) (01/01/1955)

4.Country of Citizenship 〔REPUBLIC OF CHINA(R.O.C)〕	4.國籍 （中華民國）
5.Sex (Male or Female) (MALE)	5.性別(男性或女性) (男性)
6.Passport Number （３６３５３ＸＸＸＸ）	6.護照號碼 （３６３５３ＸＸＸＸ）
7.Airline & Flight Number （ＥＶＡＡＩＲXXXXXX）	7.航空公司和航班 （長榮航空 XXXXXX）
8.Country Where You Live 〔REPUBLIC OF CHINA(R.O.C)〕	8.您在哪個國家居住 （中華民國）
9.City Where You Boarded (TAOYUAN CITY)	9.您在哪個城市搭乘飛機 (桃園市)
10.City Where Visa Was Issued (TAIPEI CITY)	10.在哪個城市取得簽證 (臺北市)
11.Date Issued (Day/Month/Year) (01/01/2024)	11.取得簽證的日期(日/月/年) (01/01/2024)
12.Address While in the United State (Number and Street) (NEW YORK HOTEL)	12.在美國的住址(號碼及街名) (紐約飯店)
13.City and State (NEW YORK CITY)	13.在美國的住址(城市及州名) (紐約市)

Departure Number 552738531 01	離境號碼 552738531 01
Immigration and Naturalization Service	移民局
I-94 Departure Record	I-94 離境記錄
14.Family Name (TSAI)	14.姓氏 (蔡)
15.First (Given) Name (PU-DER)	15.名字 (普得)
16.Birth Date(Day/Month/Year) (01/01/1955)	16.生日(日/月/年) (01/01/1955)
17.County of Citizenship 〔REPUBLIC OF CHINA(R.O.C)〕	17.國籍 (中華民國)

※.注意事項：

1.有關國籍填寫，親美或與我國有邦交的國家如：梵蒂岡、史瓦帝妮、馬紹爾群島、帛琉、吐瓦魯、貝利斯、瓜地馬拉、海地、聖克利斯多福及妮維斯、聖露西亞、聖文森及格瑞那丁，以及巴拉圭等 12 國，要用中華民國(R.O.C)。親共國家如：俄羅斯、北朝鮮等，要用（中國(P.R.C)－臺灣）。

2.I-94 Form 遺失或損壞，要向美國移民局申請補發。有意在美國延期停留,改變原有非移民簽證等,都一定要有 I-94

Form，如果入境時沒有發給 I-94 Form(要向檢查官員索取)，則應該向移民局申請補發，以防萬一。入境美國後，記得馬上把 I-94 表格影印一份，包括正反面，然後和其它重要證件一起妥善保存。

2.美國海關申報表：

填報美國海關申報表，應按照美國法律下列事項申報：

(1).攜帶少於美金一百元的禮品入境不需關稅。

(2).不可攜帶任何食物進入美國，尤其是易腐爛食物，包括水果、蔬菜、肉類或農作物。

(3).衣物、專業設備及其它家庭物品，如果已經使用一段時間並不再出售的話，不需付關稅，可帶入美國。

(4).以某些特定動物為原料的產品禁止帶入美國；詳情請洽動物及農產品健康檢查服務中心（Animal and Plant Health Inspection services）。

(5).帶入美國的金錢數額不限多少，但如果超過美金一萬元，則必須填寫海關申報表，否則海關可以沒收您的財產。

(6).任何含有麻醉成份的藥品、或注射藥物均須附上醫生開示的處方證明；走私麻醉藥物入境美國，將受巨額罰款。

美國入境：海關申報表(Custom Declaration)

DEPARTMENT OF THE TREASURY
UNITED STATES CUSTOMS SERVICE

Customs Declaration
19 CFR 122.27, 148.12, 148.13, 148.110,148.11

FORM APPROVED
OMB NO. 1515-0041

Each arriving traveler or responsible family member must provide the following information (only ONE written declaration per family is required):

1. **Family Name**
   First (Given) Middle
2. **Birth date** Day Month Year
3. Number of **Family members** traveling with you
4. (a) U.S. Street **Address** (hotel name/destination)
   (b) City (c) State
5. **Passport issued by** (country)
6. **Passport number**
7. Country of **Residence**
8. **Countries visited** on this trip prior to U.S. arrival
9. **Airline/Flight No.** or **Vessel Name**
10. The primary purpose of this trip is business: Yes No
11. I am (We are) bringing
    (a) fruits, plants, food, insects: Yes No
    (b) meats, animals, animal/wildlife products: Yes No
    (c) disease agents, cell cultures, snails: Yes No
    (d) soil or have been on a farm/ranch/pasture: Yes No
12. I have (We have) been in close proximity of (such as touching or handling) livestock: Yes No
13. I am (We are) carrying currency or monetary instruments over $10,000 U.S. or foreign equivalent: Yes No
    (see definition of monetary instruments on reverse)
14. I have (We have) commercial merchandise: Yes No
    (articles for sale, samples used for soliciting orders, or goods that are not considered personal effects)
15. **Residents — the total value of all goods, including commercial merchandise I/we have purchased or acquired abroad, (including gifts for someone else, but not items mailed to the U.S.) and am/are bringing to the U.S. is:** $
    Visitors — the total value of all articles that will remain in the U.S., including commercial merchandise is: $

Read the instructions on the back of this form. Space is provided to list all the items you must declare.

I HAVE READ THE IMPORTANT INFORMATION ON THE REVERSE SIDE OF THIS FORM AND HAVE MADE A TRUTHFUL DECLARATION.

X
(Signature) Date (day/month/year)

For Official Use Only

Customs Form 6059B (04/02)

The U.S. Customs Service Welcomes You to the United States

The U. S. Customs Service is responsible for protecting the United States against the illegal importation of prohibited items. Customs officers have the authority to question you and to examine you and your personal property. If you are one of the travelers selected for an examination, you will be treated in a courteous, professional, and dignified manner. Customs Supervisors and Passenger Service Representatives are available to answer your questions. Comment cards are available to compliment or provide feedback.

Important Information

U.S. Residents — declare all articles that you have acquired abroad and are bringing into the United States.

Visitors (Non-Residents) — declare the value of all articles that will remain in the United States.

Declare all articles on this declaration form and show the value in U.S. dollars. For gifts, please indicate the retail value.

Duty — Customs officers will determine duty. U.S. residents are normally entitled to a duty-free exemption of $400 on items accompanying them. Visitors (non-residents) are normally entitled to an exemption of $100. Duty will be assessed at the current rate on the first $1,000 above the exemption.

Controlled substances, obscene articles, and toxic substances are generally prohibited entry.

Thank You, and Welcome to the United States.

The transportation of currency or monetary instruments, regardless of the amount, is legal. However, if you bring in to or take out of the United States more than $10,000 (U.S. or foreign equivalent, or a combination of both), you are required by law to file a report on Customs Form 4790 with the U.S. Customs Service. Monetary instruments include coin, currency, travelers checks and bearer instruments such as personal or cashiers checks and stocks and bonds. If you have someone else carry the currency or monetary instrument for you, you must also file a report on Customs Form 4790. Failure to file the required report or failure to report the total amount that you are carrying may lead to the seizure of *all* the currency or monetary instruments, and may subject you to civil penalties and/or criminal prosecution. SIGN ON THE OPPOSITE SIDE OF THIS FORM AFTER YOU HAVE READ THE IMPORTANT INFORMATION ABOVE AND MADE A TRUTHFUL DECLARATION.

Description of Articles (List may continue on another Form 6059B)	Value	Customs Use Only
Total		

PAPERWORK REDUCTION ACT NOTICE: The Paperwork Reduction Act of 1995 says we must tell you why we are collecting this information, how we will use it, and whether you have to give it to us. The information collected on this form is needed to carry out the Customs, Agriculture, and currency laws of the United States. Customs requires the information on this form to insure that travelers are complying with these laws and to allow us to figure and collect the right amount of duty and tax. Your response is mandatory. An agency may not conduct or sponsor, and a person is not required to respond to a collection of information, unless it displays a valid OMB control number. The estimated average burden associated with this collection of information is 4 minutes per respondent or record keeper depending on individual circumstances. Comments concerning the accuracy of this burden estimate and suggestions for reducing this burden should be directed to U.S. Customs Service, Reports Clearance Officer, Information Services Branch, Washington, DC 20229, and to the Office of Management and Budget, Paperwork Reduction Project (1515-0041), Washington, DC 20503. THIS FORM MAY NOT BE REPRODUCED WITHOUT APPROVAL FROM THE U.S. CUSTOMS FORMS MANAGER.

Customs Form 6059B (04/02)

正面　　　　背面

圖資來源：US Dept. of Homeland Security

美國海關申報表(Custom Declaration)中英對照

WELCOME TO THE UNITED STATES	歡迎來到美國
DEPARTMENT OF THE TREASURY UNITED STATES CUSTOMS SERVICE	財政部 美國海關署
CUSTOM DECLARATION	海關申報表
Each arriving traveler or head of family must provide the following information (only ONE written declaration per family is required):	每位入關的旅遊者或一家之主必須提供以下資料(一個家庭只須申報一份)：
1.Family Name _TSAI_First (Given)___PU_____ Middle___DER____	1.姓氏___蔡_____名字 ___普____中間名 ___得____
2.Birth date _01_Day_01_Month_1955_Year	2.出生日期： _01_日_01_月_1955_年
3.Number of family members traveling with you (2)	3.與您同行的家庭成員人數：(2)
4.U.S. Address: (Number and Street) (NEW YORK HOTEL)	4.在美地址(號碼及街名)： (紐約飯店)
5.Passport issued by (country) 〔REPUBLIC OF CHINA(R.O.C)	5.護照發照(國家) （中華民國）

6.Passport Number （３６３５３XXXX）	6.護照號碼 （３６３５３XXXX）
7.Country of Residence 〔REPUBLIC OF CHINA(R.O.C)〕	7.居住國家 （中華民國）
8.Countries visited on this trip prior to U.S. arrival (U.K)	8.到美國前造訪過的國家 (英國)
9.Airline/Flight No: （EVAAIRXXXXXX）	9.航空公司/航班號： （長榮航空 XXXXXX）
10.The primary purpose of this trip is business.○YES ●NO	10.此次旅程的主要目的是商務？○ 是 ● 否
11. I am/we are bringing fruits, plants, meats, food, soil, birds, snails, other live animals, farm products, or I/we have been on a farm or ranch outside the U.S. YES ○ NO ●	11.您攜帶水果、植物、肉類、食品、土壤、鳥類、蝸牛、其他動物和農產品，或您一直居住在美國以外的農村或牧場嗎？ 是 ○ 否 ●
12. I am/we are carrying currency or monetary instruments over $10000 U.S. or the foreign equivalent. YES ○ NO ●	12.您攜帶現金或珍貴物品，其價值超過一萬美金或相當於一萬美金的外幣嗎？ 是 ○ 否 ●

13. I have (We have) commercial merchandise? (articles for sale, samples used for soliciting orders, or goods that are not considered personal effects.) YES ○ NO ●	13.您有攜帶任何商品嗎？(販賣之商品、訂購之樣本等任何非屬私人之物品) 是 ○ 否 ●
14.The total value of all goods I/we purchased or acquired abroad and am/are bringing to the U.S. is (see instructions under Merchandise on reverse side; visitors should report value of gifts only):$ ____300____U.S. Dollars	14.您境外購買或獲得並帶入美國所有物品總價值(參看背面商品欄目;訪問者只須申報禮品價值): $ ____300____美元
I have read the important information on the reverse side of this form and have made a truthful declaration. SIGNATURE______________ Date______________________	我已閱讀過這表格背面之重要須知，並據實以報。 簽名________________ 日期________________

如果您是隨旅行團到美國，有一些旅行社會事先將您的I-94表格及海關申報表基本資料都先打好或寫好，您只要再填寫某些問題即克，很方便。建議據實以報，因為美國海關人員有時候會抽查入境旅客的行李，如果您所帶的東西沒有據實以報，會被沒收或罰款。

3.通關檢查：

通關檢查(Custom Declaration)，第一關口就是〝檢疫〞，必須將免疫證明書(黃皮書)，拿出來接受檢查。接著是〝證件〞關的檢查，最後是〝報稅〞關的檢查。

※.檢疫關：

Let me check your health card.
(類 密 確克 UR 嘿兒夫 卡得)
請讓我看一下您的預防接種證明。

Here it is！(嘻兒 以特 以 S) 在這裡！

Ok！Now proceed to the passport check please.
(OK！鬧 ㄆ歐細得 吐 得 帕S破特 確克 ㄆ利斯)
好！現在請到護照檢查處去。

※.證件關：

Let me check your passport，please？
(類 密 確克 UR 帕 S 破特 ㄆ利斯)
請讓我看您的護照？

Here it is！(嘻兒 以特 以 S) 在這裡！

Are you traveling alone？
(阿兒 U 特拉ᵛㄦ另 兒弄)
您是單獨一個人來旅行的嗎？

Yes I am.(葉S 哀 演) 是的，我是。

Are you on a business trip or a pleasure trip？
(阿兒 U 甕 兒 畢S妮S 提利ㄆ OR 兒 ㄆ類蘇兒 提利ㄆ)
您是因為生意需要？還是純觀光？

I am on a pleasure trip.
(哀 演 甕 兒 ㄆ類蘇兒 提利ㄆ) 我是單純的觀光。

How long do you want to stay here？
(號 隆 度 U 萬特 吐 S蝶 嘻兒)
您預備在這裡停留多久？

About two weeks.
(阿抱特 吐 威克斯) 大約兩個星期。

We all give you 20 days Is that all right with you？
(威 阿 給夫 U 湍替 蝶S 以S 蝶特 歐 萊特 威夫 U)
給您20天的停留時間，這對您方便嗎？

Quite all right！(快特 歐 萊特) 非常好！

Is this your first visit to our country？
(以 S 迪 S UR 佛 S特 V希特 吐 凹兒 康提瑞)
這是您第一次到我們的國家嗎？

Yes！it is.(葉 S 以特 以 S) 是的！

Well Have a nice trip！
(威ㄌ 嘿夫 兒 奈斯 提利ㄆ) 祝您旅行愉快！

Thank you！(參克 Q) 謝謝您！

Now go to customs.
(鬧 夠 吐 卡斯騰S) 現在到稅關去。

This way ? (迪S 威) 從這裡嗎 ?

Yes ! It is next door.
(葉S ! 以特 以S 內斯特 豆) 是的 ! 它就在隔壁。

※.報稅關 :

Have you anything to declare ?
(嘿夫 U A 妮定 吐 地克類兒)
您有需要申報的物品嗎 ?

No ! nothing.(諾 那定) 不 ! 沒有。

Open that bag please.
(O 噴 蝶特 貝 ㄆ利斯) 請把那個旅行包打開。

All right ! Be careful please.
(歐 萊特 畢 開兒佛 ㄆ利斯) 好的 ! 請小心檢查。

Do you Have any cigarettes or liquor ?
(度 U 嘿夫 A 妮 細哥瑞斯 OR 利卡)
您有需要申報的物品，如香菸或酒嗎 ?

Yes ! I Have a bottle of whisky but no cigarettes.
(葉S 哀 嘿夫 兒 波透 OF 威士忌 爸 諾 細哥瑞斯)
是的 ! 我帶了一瓶威士忌，但沒有帶香菸。

What is that box ?
(晝特 以S 蝶特 波斯) 箱子裡是什麼 ?

Only some presents for my friends.
(翁妮 尚m ㄆ列森S 佛兒 埋 夫練S)
只是一些送朋友的禮物。

Do you Have any pearls？
(度 U 嘿夫 A妮 ㄆ兒S) 您有帶珠寶嗎？

No！I don't.(諾 哀 東特) 不！我沒有。

What is that？(畫特 以S 蝶特) 那是什麼？

Chinese tea！(蔡妮S 替) 中國茶。

How much do they cost in USD？
(號 罵ㄔ 度 蝶一 卡斯特 印 USD)
大約值美金多少錢？

About 100 USD.
(阿抱特 萬 漢得熱得 USD) 大約是100美金。

What is that in red paper？
(畫特 以S 蝶特 印 瑞得 佩波) 紅紙裡是什麼東西？

It is banana.(以特 以S 抱娜娜) 是香蕉。

Banana？You can't bring any fruit into my country.
(抱娜娜 U 肯特 逼令 A妮 夫魯特 印吐 埋 康提瑞)
香蕉？您不能帶任何水果進來我國。

B/交通用語(Transportation phrases)：

本單元包含常用單句與文法應用二個項目。交通用語也是出國旅行的必備語言，不熟悉將寸步難行。茲列舉如下：

a·常用單句(Commonly used single sentences)：

中文	英語/拼音	中文	英語/拼音	備註
機場	Airport(AR 波特)	計程車	Taxi(貼克細)	
銀行	Bank(便克)	腳伕/搬運工	Porter (婆特)	
學校	School(S 庫ㄌ)	司機	Driver(拽 ˇ ㄦ)	
醫院	Hospital (哈斯皮特)	火車票	train ticket (特雷 N 替克依特)	
戲院	Theater(提兒特)	單程票	One way (萬 威一)	
市政府	City hall (細替 厚兒)	來回票	round trip (繞得 提利ㄆ)	
外交部	Foreign Ministry 佛瑞印 密尼斯提利)	普通車	Ordinary car (歐迪呢利 卡)	
大使館	Embassy (ㄟ m 貝西)	高級車	high-end car (嗨恩得 卡)	
中國城	china town (拆哪 套)	對號車	Matched car (美取得 卡)	

		月臺	track (特雷克)	
		船位	Seat(細特)	
		暈船	Seasick(細西克)	
備註				

b·文法應用(grammar application)：

Porter！Take my baggage Please.
(婆特　貼克 埋 貝給句　ㄆ利斯)
腳伕(搬運工)！請幫我把行李拿下來。

Where are you going？
(惠兒 阿兒 U　夠應)　您要去哪裏？

To the new york hotel.
(吐 得　紐　約　厚條)　到紐約飯店

I　suggest you take the airport　bus.
(哀 薩借斯特 U 貼克 迪 AR波特 巴士)
我建議您搭乘機場巴士。

That is fine！(蝶特 以S 壞恩)　好極了！

I　want to take　a　taxi！
(哀 萬特 吐 貼克 兒 貼克嘻)　我想搭計程車！

Go and　line up　over there.
(夠 演得 賴 阿ㄆ Oᵛㄦ 蝶)　去那邊排隊。

Ok　How much do　I owe you？
(OK　號　罵ㄔ 度 哀 歐　U)
好！我應付您多少錢？

1 USD　for　each bag so　2　dollars in all.
(萬 USD 佛兒 意取 貝 受　吐 達了 S 印 O)
一件行李 1 美金，總共 2 塊錢。

Here you are keep the change.
(嘻兒 U 阿兒 克一ㄆ 得 欠幾)
錢在這裡，零錢不用找了。

driver! I want to go to New York Hotel.
(拽 ˇㄦ 哀 萬特 夠 吐 夠 紐 約 厚條)
司機！我要到紐約飯店。

Do you have a bus that goes to the china town？
(度 U 嘿夫 兒 巴士 蝶特 夠斯 吐 得 拆哪 套)
請問有巴士到中國城嗎？

Yes！ it leaves every 15 minutes.
(葉 S 以特 利夫斯 耶威 飛夫聽 密尼特 S)
有的！每 15 分鐘一班車。

How long does it take to get there？
(號 隆 達 S 以特 貼克 吐 給 蝶)
多久能到那裏？

About half an hour.
(阿抱特 哈夫 恩 凹兒) 大約半小時。

When is the last bus back？
(惠 N 以 S 得 拉斯特 巴士 貝克)
回程末班車是何時？

At 10：30 PM
(耶特 天 特替 奈特) 晚上 10 點半。

What is the fare？
(畫特 以 S 得 費兒) 車票多少錢？

30 cents(特替 現 S) 30 分錢。

Is this for china town?
(以S 迪S 佛 拆哪 套) 這班車到中國城嗎？

No this bus go to A town.
(諾 迪S 巴士 夠 吐 A 套) 不！這班車到A城。

Does this bus go to 15 Avenue?
(達 S 迪 S 巴士 夠 吐 飛夫聽 A v ㄦ紐)
這班車到 15 街嗎？

Yes it does Step in!
(葉 S 以特 達 S S 蝶ㄆ 印) 是的，上車吧！

Let me know when we get to 15 Avenue please!
(類 密 諾 惠 N 威 給 吐 飛夫聽 A v ㄦ紐 ㄆ利斯)
15 街到了，請通知我！

Sure I will.(秀兒 哀 威ㄌ) 當然！我會的。

Taxi! Take me to the airport.
(貼克細！貼克 密 吐 得 AR波特)
計程車！帶我到機場。

Is this all the baggage you have?
(以S 迪斯 O 得 貝給句 U 嘿夫)
這是您所有行李嗎？

Yes! put them in the trunk please!
(葉S！ㄆ特 蝶m 印 得 特拉克 ㄆ利斯)
是的！請把它們放到行李箱中！

I got it Get in.
(哀 尬特 以特 給 印) 我知道了！請上車。

How long will it take？
(號 隆 威ㄌ 以特 貼克) 多久能到？

About twenty minutes.
(阿抱特 湍替 密尼特S) 大約20分鐘。

Please！hurry I am late.
(ㄆ利斯！哈瑞 哀 演 類特)
麻煩快一點！我要遲到了。

Here we are！Let me off here，please.
(嘻兒 威 阿兒 類 密 OF 嘻兒 ㄆ利斯)
到了！讓我在這裡下車。

We can't stop here！
(威 肯特 S多ㄆ 嘻兒) 這裡不能停車！

I want a train ticket to New York.
(哀 萬特 兒 特雷恩 替克依特 吐 紐 約)
我要一張到紐約的火車票。

One way or round trip？
(萬 威 OR 繞得 提利ㄆ) 單程票或是來回票？

One way，please！
(萬 威 ㄆ利斯) 請給我單程票！

Ordinary car or high-end car？
(O迪呢利 卡 OR 嗨恩得 卡) 普通車還是高級車？

What track？(晝特　特雷克)　哪一個月臺？

Track　No.　5　right over　there.
(特雷克　難波　壞夫　萊特　O ᵛ ㄦ　蝶)
在 5 號月臺。

Is　this the Matched car？
(以 S 迪 S 得　每區得　卡)　這是對號車嗎？

Yes！ it　is　All　adoard！
(葉 S 以特　以 S 歐兒　兒波得)
是的！各位請上車吧！

Do you have any ferry boat　service to New York？
(度　U 嘿夫　恩妮　飛瑞　播特　色V斯　吐　紐　約)
你們有到紐約的船嗎？

Yes！We have！(葉S 威　嘿夫)　是的！我們有！

Do　I　have to reserve a　seat？
(度　哀　嘿夫　吐　瑞色夫　兒　細特)
我需不需要預訂船位？

No！the boat has　non reserved seats.
(諾　得　播特　嘿S　那N　瑞色夫得　細S)
不需要！這種船是沒有預訂船位的。

Are you seasick？(阿兒　U　細西克)　你暈船嗎？

Yes！we have.
(葉S　威　嘿夫)　是的！我們有。

C / 住宿用語(Accommodation phrases)：

本單元包含常用單句與文法應用二個項目。住宿用語是出國旅行的必備語言，不熟悉有可能夜宿街頭。茲列舉如下：

a·常用單句(Commonly used single sentences)：

中文	英語/拼音	中文	英語/拼音	備註
浴室	Bathroom (巴夫潤 m)	旅館	Hotel(厚條)	
牙刷	Toothbrush (吐夫布拉細)	鑰匙	Key(克_)	
牙膏	Toothpaste (吐夫佩斯特)	預訂	Reservation (瑞色偉訓)	
肥皂	Soap(搜ㄆ)	填表	Form(鳳 m)	
床	Bed(貝得)	房間	Room(潤 m)	
桌子	Desk(蝶斯克)	單人房	Single room (新夠 潤 m)	
椅	Chair(確 R)	雙人房	Double bedded room (達波 貝得 潤 m)	
		稅金	Taxes(踏克斯)	
		行李	Baggage(貝給句)	
		餐廳	Dining room (呆寧 潤 m)	

		咖啡廳	Cafes(咖啡)	
		健身房	Gym(幾 m)	
		娛樂廳	Entertainment hall (耶恩特天門 後)	
		櫃檯	Counter(考特)	
		帳單	bill(畢兒)	
		結帳	Check out (確克 凹特)	
		刷卡	Credit Card (克雷迪特 卡得)	
		簽名	Sign(賽 n)	
		小費	Tip(替ㄆ)	
備註				

b·文法應用(grammar application)：

Good afternoon！Welcome to A Hotel May I help you？
(故　阿夫特嫩！　威ㄌ抗　吐　A 厚條　妹　哀　嘿ㄆ　U)
午安！歡迎到A旅館來，我可以為您效勞嗎？

Yes！　I　want a　single room with a　nice　view.
(葉S！哀　萬特　兒　新夠　潤m　威夫　兒　奈斯　V尤)
是的！我需要一間風景優美的單人房。

Do you have a reservation？
(度　U　嘿夫　兒　瑞色偉訓)　您有沒有事先預訂呢？

No！I don't.(諾　哀　東特)不！我沒有。

How long are you staying？
(號　隆　阿兒 U　S 蝶印)　您準備住多久？

Two nights.(吐　奈特斯)　二個晚上。

Ok！fill　in　this form please！
(OK　飛兒　印　迪S　鳳M　ㄆ利斯)　好的！請填表。

Your room is　222　Here　is your room Key.
(UR　潤M　以S　吐吐吐　嘻兒　以S UR　潤m　克ㄧ)
您住222號房，這是您的房間鑰匙。

Which floor？(惠ㄔ　F漏兒)　在哪一層樓？

It　is　on the second floor　sir.
(以特　以S　甕　得　煞肯得　F漏兒　色)　在二樓。

How much does the room cost？
(號　罵ㄔ 達S 得　潤M 卡斯特)
這房間的費用是多少錢？

Ninety dollars a　night.
(奈替　達了S 兒 奈特)　一晚90元？

Is　this for　the room only？
(以 S 迪 S 佛兒 得 潤 M 翁妮)
這只是指房間的費用嗎？

Yes！that　doesn't　include meals.
(葉 S 蝶特 達神特　印酷得 謬 S)
是的！這並不包括餐費。

How much　is　the service charge？
(號　罵ㄔ 以S　得 色 V 斯 洽己)
服務費是多少錢？

10% room service charge.
(天 ㄆ兒現 潤 M 色 V 斯 洽己)　10% 的房間服務費。

Are　there any other　cost？
(阿兒 蝶　A 妮 阿得 卡斯特)　還有其他費用嗎？

Tax　will　be levied　separately.
(踏克斯 威ㄌ 畢 列 V 得 謝波瑞特利)
另外還須付稅金。

I see(哀 細)　我明白！

Now the bellboy will take your baggage.
(鬧 得 表播依 威ㄌ 貼克 UR 貝給句)
現在服務生要替您提行李。

Is this all the baggage.you have？
(以 S 迪 S 阿 得 貝給句 U 嘿夫)
這是您全部的行李嗎？

Yes！please.(葉 S ㄆ利斯) 是的，請！

This way please！(迪 S 威 ㄆ利斯) 請這邊走！

I like some information about this hotel.
(哀 賴克 尚m 引佛妹訓 阿抱特 迪S 厚條)
我想知道關於這間飯店的大致情形。

Ok! Our Dining room and cafe are on the first floor.
(OK 凹兒 呆寧 潤M 演得 咖啡 阿兒甕 得 佛S特 F漏兒)
好的！我們餐廳與咖啡廳在一樓。

Our gym is on the ninth floor.
(凹兒 幾m 以S 甕 得 奈 F漏兒)
我們健身房在九樓。

Our entertainment room is in the basement.
(凹兒 耶恩特天門 潤M 以S 印 得 貝細悶特)
我們娛樂廳在地下室。

When does the Dining room open.
(惠 N 達 S 得 呆寧 潤 M O 噴)
餐廳何時開放。

The restaurant will be open from 8 to 10 p.m.
(得 瑞 S 多人特 威ㄌ 畢 O噴 夫讓 耶特 吐 天)
餐廳將於晚上 8 點至 10 點開放

I got it When is check out time？
(哀 尬特 以特 惠 N 以 S 確克 凹特 太 m)
我知道了！什麼時候是結帳時間？

At noon.(耶特 嫩) 在中午。

Hello！Front Desk？
(哈囉！F浪 蝶斯克) 喂！是櫃檯嗎？

This is Mr Cai Room 222. Any messages？
(迪 S 以 S 密斯特 蔡 潤 M 吐吐吐 A 妮 妹誰句)
我是 222 房的蔡先生，有給我的留話嗎？

Yes！There is a letter here fon you.
(葉斯！蝶 以 S 兒 類特 嘻兒 佛 U)
是的！這裡有一封給您的信。

Thank you I'll pick it up later.
(參克 Q 哀 V 尤 ㄆ克 以特 阿ㄆ 類特)
謝謝您！我待會兒再來拿。

I have two pieces of baggage left by the door.
(哀 嘿夫 吐 屁蛇S OF 貝給句 類夫特 拜 得 豆)
Please ask the waiter to take them to the Front Desk.
(ㄆ利斯 阿S 得 威特 吐 貼克 蝶母 吐 得 F浪 蝶斯克) 我有兩件行李放在門邊，請服務生幫忙拿到櫃檯？

I am going to check out now.
(哀 演 夠應 吐 確克 凹特 鬧) 我現在要結帳。

Your room number please？
(UR 潤M 難波 ㄆ利斯) 請告訴我您的房間號碼？

No. 222 Here is my key.
(難波 吐吐吐 嘻兒 以S 埋 克一)
222號房，這是我的鑰匙。

Here is your bill.
(嘻兒 以S UR 畢兒) 這是您的帳單。

Can I swipe my card？
(肯 哀 S外ㄆ 埋 卡得) 我可以刷卡嗎？

Yes！Sign here please.
(葉S 賽N 嘻兒 ㄆ利斯) 是的！請在這裡簽名。

Money here you are Keep the change for tips.
(蠻妮 嘻兒 U 阿兒 克依ㄆ 得 欠幾 佛兒 替ㄆS)
錢在這裡，多餘當作小費。

Take it to the main entrance and call a taxi please.
(貼克 以特吐得 每N N特人斯 演得 扣兒 貼克細 ㄆ利斯)
請幫我把行李拿到大門口，再幫我叫輛計程車。

D/遊覽用語(Tour phrases)：

本單元包含常用單句與文法應用二個項目。遊覽用語雖沒有上列海關、交通、住宿等那麼重要，卻是出國旅行的目的，進而提升知識的廣度，故也要有必備熟悉的用語。茲列舉如下：

a·常用單句(Commonly used single sentences)：

中文	英語/拼音	中文	英語/拼音	備註
相機	Camera(卡妹拉)	中國	China(拆哪)	
照相	Photography (佛多哥拉菲)	美國	USA(USA)	
檔案	File(壞了)	法國	France(F 拉恩斯)	
沖洗	Developing (地威了平)	德國	Germany(糾門妮)	
放大	Enlarging (恩拉經)	日本	Japan(價賠 n)	
觀光	Sightseeing (賽細應)	韓國	Korea(克利阿)	
藝術館	art gallery (阿兒特　給了瑞)	英格蘭	England (英格個人得)	
瀑布	Waterfall (握特佛兒)	俄羅斯	Russia(拉蝦)	
寺院	Temple(天波)	義大利	Italy(義大利)	

車費	Bus charge (巴士 洽幾)	現在位置	You are here (U 阿兒 嘻兒)	
門票	admission fees (A地迷訓 費S)	目的地	Destination (蝶 S 提捏訊)	
貿易中心	Trade center (特瑞得 先特)	近的	Nearby(妮兒爸依)	
團體	Group(故鹿普)	遠的	Far(發)	
		廣場	Square(S 庫耶兒)	
		街道	Street(S 迪瑞特)	
		道路	the way(得 威一)	
		公園	Park(帕克)	
		紅綠燈	Traffic light (特拉菲克 來特)	
備註				

b·文法應用(grammar application)：

Do you have any sightseeing tours？
(度 U 嘿夫 A妮 賽細應 吐兒 S)
請問你們有沒有短期觀光？

We have it How many days will it take？
(威 嘿夫 以特 號 妹泥 蝶S 威ㄌ 以特 貼克)
我們有，需要幾天呢？

Only one day.(翁妮 萬 蝶) 只有一天。

Well we have a good one for you.
(威ㄌ 威 嘿夫 兒 故 萬 佛 U)
那麼我們會為您安排一個很好的行程。

Tell me the places we'll visit.
(跳 密 得 ㄆ類斯 威尤 V希特)
請告訴我，我們要去參觀哪些地方？

They are A art gallery、B temple、C waterfall.
(蝶一 阿兒 A 阿兒特 給了瑞、B 天波、 C 握特佛兒)
有A藝術館、B寺院、C瀑布。

It sounds interesting！When does the tour start？
(以特 騷S 印特熱斯聽！ 惠N 達S 得 吐兒 S達)
聽起來好像很有趣！什麼時候出發？

It begins at 9 AM and ends at 5 PM。
(以特 畢根S 耶特 奈AM 演得 恩S 耶特 壞夫PM)
上午9點開始，下午5點結束。

How much is it per person？
(號 罵ㄔ 以S 以特 波 普森)
每個人要付多少錢？

30 dollars including bus charge and admission fees。
(特替 達ㄌS 印酷定 巴士 洽幾 演得A地迷訓 費S)
總共30元，包括車費和門票。

where is this？(惠兒 以S 迪S) 這裡是哪裏？

That is the largest Trade Center here.
(蝶特 以S 得 拉基斯特 特瑞得 先特 嘻兒)
那是這裡最大的貿易中心。

Will you please take my picture？
(威ㄌ U ㄆ利斯 貼克 埋 匹克曲兒)
請幫我照張相好嗎？

Here is the shutter button.
(嘻兒 以S 得 夏特 把騰n) 這是快門按鈕。

I am ready！(哀 演 瑞地) 我已經準備好了！

Here goes！(嘻兒 夠S) 我要照了！

If you don't mind join us please？
(以F U 東特 賣得 嬌印 阿S ㄆ利斯)
如果您不介意，和我們合照，好嗎？

I'll be glad to！
(哀尤 畢 哥類得 吐) 我很樂意！

Please stand in the centre of our group.
(ㄆ利斯 斯店得 印 得 先特 OF 凹兒 故鹿普)
請站在我們團體的中間。

Please laugh！(ㄆ利斯 拉佛) 請大家笑一下！

Sorry I am lost Could you show me the way to A park？
(受瑞 哀 演 羅S特 克得 U 秀 密 得 威 吐 A帕克)
對不起！我迷路了，您能告訴我A公園的路嗎？

Yes Keep going down this street
(葉S 克依ㄆ 夠應 到N 迪S 斯摧特)
是的 繼細沿著這條街走
until you come to a light Turn right.
(安替ㄌ U 康M 吐 兒 賴特 騰 萊特)
直到遇到紅綠燈右轉。

can you take me there？
(肯 U 貼克 密 蝶) 您可以帶我去嗎？

All right Follow me I'll take you there。
(歐ㄌ 來特 法漏 密 哀尤 貼克 U 蝶)
好吧！跟著我，我帶您去。

E/意外用語(Emergency phrases)：

本單元包含常用單句與文法應用二個項目。意外用語是旅遊非常重要的課題，凡是安全第一，尤其是旅途中發生意外，在第一時間求救，自然要懂意外用語，否則容易喪失第一時間救援，生命可能就受到威脅。茲列舉如下：

a.常用單句(Commonly used single sentences)：

中文	英語/拼音	中文	英語/拼音	備註
警察局	Police Station (普利斯 S 帖訓)	救命啊	Help(嘿兒ㄆ)	
警察	Police(普利斯)	被偷了	Stolen(S 透人)	
大使館	Embassy (ㄟ m 貝西)	捉住他	Catch him (卡呀ㄔ 嘻 m)	
領事館	Consulate (扣秀類特)	偷	Stole(S 透)	
護照	Passport (帕 S 破特)	強盜	Robber(漏爸)	
證件	Documents (多克 Q 們 S)	扒手	Pickpocket (屁克剖 K 特)	
申請	Apply(阿ㄆ賴)	詐騙	Scam(S 給母)	
再度	Once again (萬 S 額給 n)	猖獗	Rampant (連 m 噴特)	
補發	Reissue(利一秀)	住手	Stop it(S 多ㄆ 以特)	

發照	Issue license (一秀 來神 S)	現金	Cash(K 咻)	
交通事故	Traffic accident (特拉飛克 阿克細等特)	丟了	Lost(羅 S 特)	
保險	Insurance (印秀仁斯)	支票	Cheque(確克)	
醫院	Hospital (哈斯皮特)	錢包	Wallet(臥了特)	
救護	Rescue(類斯 Q 斯)	信用卡	Credit card (克雷迪特 卡得)	
救護車	Ambulance (阿 m 比巫人斯)	遺失	Lost(羅 S 特)	
處方籤	Prescription (ㄆ利斯克利普訊)	止付	Stop Payment (S 多ㄆ 賠悶)	
病歷表	Diagnosis (呆故諾細 S)	意外	Accident (阿克細等特)	
人工呼吸	Artificial (阿特菲秀) respiration (類 S 皮類訊)	車禍	Collision (扣利神)	
消化不良	Indigestion (印地界 S 訊)	山難	Mountain disaster (貓藤恩 迪薩 S 特)	
藥局	Pharmacy (發麼西)	溺水	Drowning (得繞寧)	
藥	Medicine (魅迪森)	旅遊/行	Traveling (特雷ˇ儿另)	

感冒藥	Cold medicine (扣得 魅迪森)	受傷	Injuried (印著得)	
止痛藥	Painkiller (佩恩 Q 拉)	緊急	Urgent(餓真)	
阿斯匹林	Aspirin(阿斯匹林)	陡峭	Steep(S 替普)	
胃藥	Stomach medicine (S 多美 K 魅迪森)	小心	Careful(開兒佛)	
抗生藥	Antibiotic (安替爸歐替克)	想吐	Nausea(諾幾亞)	
溫度計	Thermometer (特某密特)	發癢	Itchiness (依彳妮 S)	
急救帶	Band Aid (班 乀得)	便祕	Constipation (寇斯替佩訊)	
外科	Surgery(色距瑞)	腹瀉	Diarrhoea (達阿利阿)	
內科	Internal Medicine (印特呢 魅迪森)	頭痛	Headache (嘿得耶克)	
眼科	Ophthalmology (O 夫特某漏幾)	頭暈	Dizziness (地基妮 S)	
齒科	Dentistry (地替斯替利)	牙痛	Tooth ache (吐夫 耶克)	
婦產科	Obstetrics (O 故斯帖特利克 S) and Gynecology (演得 該那扣漏基)	發冷	Chill(秋)	
醫生	Doctor(多克特)	倦怠	Dull(達ㄌ)	

護士	Nurse(呢斯)	發麻	Feel numb (飛尤 那 m)	
住院	Hospitalization (號斯屁特賴賊訊)	咳嗽	Cough(扣夫)	
出院	Discharged (地掐曲得)	骨折	Fracture (夫類克洽)	
診斷	Diagnosis (呆故諾細 S)	喉嚨痛	Sore throat (所 特漏特)	
		生理痛	Menstrual pain (妹細特熱歐 賠 n)	
		打噴嚏	Sneeze(S 妮茲)	
		過敏症	Allergy(阿勒兒幾)	
		失眠症	Insomnia (印受 M 妮阿)	
		高血壓	High blood pressure (嗨 布拉得 ㄆ類蝦)	
		低血壓	Low blood pressure (漏 布拉得 ㄆ類蝦)	
備 註				

b·文法應用(grammar application)：

Pickpockets are rampant now, you have to be careful！
(屁克剖K特S 阿兒 連M噴特 鬧 U 嘿夫 吐 畢 開兒佛)
現在扒手很猖獗，你要小心！

You stole my wallet！
(U S透 埋 臥了特) 你偷我的錢包！

I don't！(哀 東特) 我沒有！
Let's make it clear to the police！
(類特 S 妹克 以特 克立兒 吐 得 普利斯)
我們找警察說清楚！

How about we go to the police station？
(號 阿抱特 威 夠 吐 得 普利斯 S帖訓)
我們去警察局，如何？

Mr！ My passport is lost！
(密斯特 埋 帕S破特 以S 羅S特)
先生！我的護照遺失了！

I want to apply for reissue！
(哀 萬特 吐 阿ㄆ賴 佛兒 利一秀) 我要申請補發！

My credit card is lost！
(埋 克雷迪特 卡得 以S 羅S特) 我的信用卡遺失了！

I want to apply for a payment stop！
(哀 萬特 吐 阿ㄆ賴 佛兒 兒 賠悶 S多ㄆ)
我要申請止付！

I was in a collision！
(哀 臥S 印 兒 扣利神) 我發生車禍了！

There is a traffic accident here！
(蝶 以S 兒 特拉飛克 阿克細等特 嘻兒)
這裡發生交通事故！

Please send an ambulance quickly！
(ㄆ利斯 先得 演 阿M比巫人斯 苦ㄟ克利)
請趕快派救護車來！

Someone was seriously injured！
(尚m萬 臥S 西利兒S利 印著得)
有人受傷很嚴重！

Emergency！Send to hospital quickly！
(A每均西 先得 吐 哈斯皮特 苦ㄟ克利)
緊急事件！趕快送醫院！

Who knows artificial respiration？
(戶 耨S 阿特菲秀 類S皮類訊) 誰會人工呼吸！

The mountain road is steep，so walk carefully！
(得 貓藤恩 肉得 以S S替普 受 臥克 開兒佛利)
山路陡峭，要小心行走！

Help！ Someone is drowning！
(嘿ㄆ　尚m萬　以S 得繞寧)
救命呀！有人溺水了！

Request for rescue in case　of mountain disaster.
(利庫ㄟS特 佛兒 類斯Q斯 印 K斯 OF 貓藤恩 迪薩S特)
發生山難請求救援。

I　am hurt！feeling unwell。
(哀 演 賀兒　飛鈴　安威ㄌ)
我受傷了！身體不舒服。

Don't be afraid！ I'll call an ambulance　for　you！
(東特 畢 阿飛得 哀尤 扣 演 阿m比巫人斯 佛兒 U)
你不要害怕！我幫你叫救護車！

My head hurts　a　little.
(埋 嘿得 賀兒S 阿 利頭) 我的頭有點痛。

What should I do？
(畫特 秀得 哀 度) 我該怎麼辦？

Where　is the pharmacy？
(惠兒 以S 得　發麼西) 藥局在哪裡？

I　want to buy headache medicine.
(哀 萬特 吐 拜 嘿得耶克 魅迪森) 我想買頭痛的藥。

I　want to see a　doctor.
(哀 萬特 吐 細 兒 多克特) 我要去看醫生。

Please call a doctor.
(ㄆ利斯 扣ㄌ 兒 多克特) 請幫我叫醫生。

Please take me to the hospital.
(ㄆ利斯 帖克 密 吐 得 哈斯皮特)
請帶我到醫院。

I feel pain here！
(哀 飛尤 賠N 嘻兒) 我這裡痛！

Will I be okay？
(威ㄌ 哀 畢 OK) 我身體還好嗎？

Nurse! Do I need to be Hospitalization？
(呢斯 度 哀 妮得 吐 畢 號斯屁特賴賊訊)
護士！我需要住院嗎？

Can I be discharged from the hospital？
(肯 哀 畢 地掐曲得 夫讓 得 哈斯皮特)
我可以出院了嗎？

I need a Diagnosis！
(哀 妮得 兒 呆故諾細S) 我需要一份診斷書！

五、環境篇

A/天文氣候

B/地理山水

本單元分為：天文氣候及地理山水二個項目，是旅遊前必須準備好工作的項目，才不至於因天氣，以及不熟悉地理環境而影響旅遊的興致。

A/天文氣候(Astronomy and climate)：

本單元包含常用單句與文法應用二個項目，是很好閒話家常的用語。茲列舉如下：

a.常用單句(Commonly used single sentences)：

中文	英語/拼音	中文	英語/拼音	備註
天氣	Weather(威得)	晴/順利	Fine(壞恩)	
晴朗	Sunny(三妮)	陰	Cloudy(克勞地)	
下雨	Raining(瑞寧)	起霧	Foggy(發給)	
下雪	Snowing(S 諾應)	刮風	Windy(溫地)	
溫暖	Warm(哇 m)	颱風	Typhoon(太分)	
寒冷	Cold(冠得)	地震	Earthquake(惡夫苦ㄟ克)	
熱	Hot(哈特)	暴風雨	Storm(S 多 m)	
打雷	Thunder(特但得)	龍捲風	Tornado(托內豆)	
氣溫	Temperature(貼 M 皮瑞秋)	彩虹	Rainbow(類恩播)	
太陽	Sun(散)	地球	Earth(惡夫)	

月亮	Moon(母 n)	星座	Constellation (卡恩斯提類訊)	
中秋節	Mid-Autumn Festival (密特 歐藤 M 飛 S 提 ᵛ儿)	火箭	Rocket(拉克依特)	
月圓/滿月	Full moon (夫ㄌ 母 n)	人工衛星	Satellite (煞特賴依特)	
月缺	Defective Moon 地非 K 提夫母 n)	火星	Mars(媽 S)	
流星	Meteor(密提兒)	木星	Jupiter(啾匹特)	
上帝	God(尬得)	宇宙	Universe (U 尼 ᵛ儿 S)	
祈禱	Pray(普類)	浩瀚	Vastness (挖斯呢 S)	
		人類	Human(嘻尤悶)	
		理解	Comprehend (克 M ㄆ利黑演)	
		超過	Beyond(比唷恩)	
		能力	Ability(ㄟ比利提)	
備註				

b·文法應用(grammar application)：

How is the weather today？
(號 以S 得 威得 吐蝶)
今天天氣如何？

The weather is very sunny today？
(得 威得 以S 威瑞 三妮 吐蝶) 相當晴朗。

What was the weather like yesterday？
(晝特 臥 S 得 威得 賴克 耶 S 得蝶)
那麼昨天的天氣呢？

It is raining all day.
(以特 以 S 瑞寧 阿ㄌ 蝶)
昨天整天都在下雨。

Will it rain tomorrow？
(威ㄌ 以特 瑞 N~ 吐嗎肉) 明天會下雨嗎？

I am not sure！
(哀 演 那特 秀兒) 我不太能確定！

The moon is very round during this year's
(得 母N 以S 威瑞 繞得 丟另 迪S 葉兒S)
Mid-Autumn Festival.
(密特 歐藤m 飛S提ᵛ儿)
今年的中秋節，月亮很圓。

Oh My God！how could you do this.

(哦 埋 尬得 號 克得 U 豆 迪S)

我的天！您怎麼可以這樣。

When you see a Meteor star, pray！

(惠N U 細 兒 密提兒 S達 普類)

看到流星要祈禱！

The vastness of the universe is beyond our

(得 挖斯呢S O夫 得 U尼ᵛㄦS 以S 比唷恩 凹兒)

ability to comprehend.

(ㄟ比利提 吐 克Mㄆ利黑演)

宇宙浩瀚，不是我們所能理解。

B/地理山水(Geography and Landscape)：

本單元包含常用單句與文法應用二個項目，是很好閒話家常的用語。茲列舉如下：

a·常用單句(Commonly used single sentences)：

中文	英語/拼音	中文	英語/拼音	備註
角落	Corner(扣兒呢)	動物園	Zoo(組~)	
直走	Straight ahead (S 特類特 阿嘿得)	動物	Animal (A 妮某)	
轉彎	Turn(特 N)	老鼠	Mouse(冒斯)	
紅綠燈	Traffic light (特拉飛克 利特)	貓	Cat(卡特)	
入口	Entrance (ㄟ N 特人 S)	狗	Dog(豆哥)	
出口	Exit(耶克西特)	牛	Cattle(卡呀透)	
公車站牌	Bus sign (巴士 塞 n)	羊	Sheep(細 P)	
計程車招呼站	Taxi stop (帖克細 S 多ㄆ)	豬	Pig(屁哥)	
植物園	botanical garden (波他尼克 嘎等)	馬	Horse(厚兒斯)	
植物	Plant(普蘭特)	蛇	Snake(S 內克)	
梅	Japanese plum (價帕妮茲 普拉 M)	熊	Bear(貝ㄌ)	

杉	Japanese cedar (價帕妮茲 戲特)	熊貓	Panda(趴恩達)	
竹	Bamboo (貝 M 不)	猴子	Monkey(蟒克一)	
松樹	Pine tree (派 n 特利)	狐狸	Fox(佛克斯)	
櫻花	Cherry blossoms (且瑞 ㄅ羅什 S)	大象	Elephant (耶類芬特)	
紅葉	Japanese maple (價帕妮茲 妹剖兒)	獅子	Lion(來恩)	
樹叢	Grove(哥漏夫)	海族館	Aquarium (阿跨瑞 m)	
森林	Woods(巫 S)	魚	Fish(飛虛)	
耶子樹	Palm tree (趴 M 特利)	蝦	(Shrimp(S 利 MP)	
玫瑰花	Rose(柔巫斯)	虫	Insect (依恩誰克特)	
康乃馨	Carnation (卡內細歐 N)	海豚	Dolphin(道兒飛 N)	
向日葵	Sunflower (散夫拉 ˇㄦ)	鯨魚	Whale(威耶兒)	
蘭花	Orchid (歐克一得)	鯊魚	Shark(蝦克)	
百合	Lily(利利)	鯉魚	Carp(卡 P)	
水仙花	Narcissus (那細色 S)	珊瑚礁	Coral reef (扣了兒 利夫)	

菊花	Chrysanthemum (克類散特媽 m)	蒼蠅	Fly(F 拉依)	
花束	Bouquet (布 K 依)	蚊子	Mosquito (末斯庫ㄟ透)	
花店	Flower shop (夫拉 ˅ㄦ 蝦普)	蜘蛛	Spider (S 趴依得)	
河川	River(利 ˅ㄦ)	蝴蝶	Butterfly (爸特夫拉依)	
山川	Mountains (貓藤恩 S) and rivers (演得 利 ˅ㄦ S)	鴨子	Duck(達克)	
山河	Mountains (貓藤恩 S) and Rivers (演得 利 ˅ㄦ S)	痲雀	Sparrow (S 趴漏)	
河流	River(利 ˅ㄦ S)	鴿子	Pigeon(屁幾 N)	
高山	High Mountains (害 貓藤恩 S)	烏鴉	Crow(克漏巫)	
湖泊	Lake(類克)	燕子	Swallow (S 哇漏巫)	
瀑布	Waterfall (握特佛兒)	海鷗	Seagull (細哥ㄌ)	
草原	Grassland (哥拉 S 練得)	老鷹	Hawk(厚克)	
煞漠	Desert(迪則特)	蜜蜂	Bee(畢)	

國家公園	national park (內訊呢 怕克)	蜂蜜	Honey(哈妮)	
島嶼	Island(哀了恩得)	健康/ 養身	Healthy (嘻夭提)	
城堡	Castle (卡呀斯兒)	海灘	beach(畢ㄔ)	
寺廟	Temple(天波)	海	Sea(細)	
教會	Church(洽ㄔ)	風景	Scenery (細呢利)	
宮殿	Palace(撇了斯)	壯觀	Spectacular (S撇克踏Q了)	
備 註				

b·文法應用(grammar application)：

Where is the No. 9 bus stop？
(惠兒 以S 得 難波 奈 巴士S S多ㄆ)
九號公車站牌在哪裏？

Is it in this direction？
(以 S 以特 印 迪 S 帶類克訊)
這個方向嗎？

Yes！Turn at the traffic light.
(葉 S！特恩 耶特 得 特拉飛克 利特)
是得！碰到紅綠燈要轉彎。

Let's go to the zoo.
(類特S 夠 吐 得 組~) 我們去動物園。

OK! Let's go see the lions.
(OK！類特S 夠 細 得 賴恩S)
好啊！我們去看獅子。

Are there sharks over there？
(阿兒 蝶 蝦克S O ᵛ儿 蝶)
那邊有鯊魚嗎？

No！Only available in aquarium.
(諾 翁妮 鵝威類波 印 阿跨瑞m)
沒有！海族館才有。

where to buy flowers ?
(惠兒 吐 爸 夫拉ᵛ儿) 在哪裏買的到花？

How to plant pine trees ?
(號 吐 普蘭特 派N 特利S)
松樹要怎麼種？

Honey is very healthy !
(哈妮 以S 威瑞 嘻夭提) 蜂蜜很養身！

Which river is more beautiful ?
(V 曲 利ᵛ儿 以 S 摸 比尤替夫)
哪裏的河川比較好看？

There is a spectacular waterfall in Mount A.
(蝶 以 S 兒 S撇克踏 Q 了 握特佛兒 印 冒特 A)
A 山有一個瀑布很壯觀。

Let's go to the beach to see the scenery.
(類特S 夠 吐 得 畢ㄔ 吐 細 得 細呢利)
我們去海邊看風景。

This castle is 300 years old.
(迪S 卡呀斯兒 以S 特利 漢得熱得 意兒S O得)
這座城堡已有300年的歷史。

六、學術篇

A/專有名詞

B/座談研討

本單元分為：專有名詞及座談研討二個項目，是學術界，尤其是參與國際學術研討會或座談會所必備，是代表個人、學校，甚至是一個國家的水準，又可以提高人生的高度。

A/專有名詞(proper noun)

本單元基於專有名詞非常廣泛，無從一一列舉，僅能以人文領域為原則。茲列舉如下：

中文	英語/拼音	中文	英語/拼音	備註
學術	Academic (阿克得密克)	人文學科	Humanities (嘻馬尼提 S)	
領域/場地	Field(飛尤得)	語言學	Linguistics (玲規 S 提克 S)	
標題/提名	Title(太透)	文學	Literature (利特雷掐)	
主題	Subject(沙ㄅ傑)	史學	Historiography 嘻 S 脫離歐格拉飛	
學科	Discipline (迪西皮鄰)	哲學	Philosophy (飛落所飛)	
研究	Study(S 達地)	藝術	Art(阿兒特)	
探討	Discuss (迪 S 嘎 S)	漢學	Sinology (塞諾羅幾)	
分析	Analyze (A 呢來茲)	形式科學	Formal science (佛麼兒 塞恩 S)	

國際	Internationality (印特內訊內利提)	數學	Math(每特)	
研討會	Seminar (謝米呢)	統計學	Statistics (S帖提S迪克S)	
大會	General Assembly (這呢柔 A先比利)	計算機	Calculator (靠Q類特)	
主席	President (ㄆ類西等特)	邏輯學	Logic (邏輯)	
承辦單位	Organizer (O哥奈者)	自然科學	Natural science (那秋柔 塞恩S)	
分組討論	Group discussion (故鹿普 迪S嘎什	生命科學	Life sciences (賴夫 塞恩S)	
發表	Publish (怕比利S)	太空科學	Space science (S貝S 塞恩S)	
發表人	Posted by (剖S得 拜)	大氣科學	Atmospheric science (A特摩斯佛瑞K 塞恩S)	
評論	Comment (扣免特)	地球科學	Earth science (惡夫 塞恩S)	
評論人	Reviewer (瑞V尤v儿)	海洋科學	Marine science (美利N 塞恩S)	
先進們	Advanced people (A特灣S特 屁剖)	地質學	Geology (基唷羅基)	
指教	Advice (A得外S)	物理學	Physics (飛極S)	

中文/漢語	Chinese (蔡妮 S)	生物學	Biology (拜唷羅基)	
聽講	Listen (利森)	化學	Chemical (K 米口)	
教學	Teaching (替請)	社會科學	Social Sciences (受秀　塞恩 S)	
客座講學	Guest lecture (給 S 特　雷克洽)	人類學	Anthropology (演特洛婆羅基)	
教授	Professor (ㄆ飛色)	考古學	Archeology (阿ㄎ一唷羅基)	
副教授	Associate (A 斯所西耶特) Professor (ㄆ飛色)	地理學	Geography (基唷哥了飛)	
助理教授	Assistant (A 西 S 藤特) Professor (ㄆ飛色)	經濟學	Economics (一克諾蜜克 S)	
講師	Lecturer (類克車惹)	政治學	political science (婆利替口塞恩 S)	
分類	Classification (克拉西飛 K 訊)	心理學	Psychology (賽寇羅基)	
歸類	Classify (克拉西發哀)	社會學	Sociology (受秀歐羅基)	
意識	Consciousness (克 N 秀 S 呢 S)	軍事學	military science (米利特利　塞恩 S)	
方法論	Methodology (妹特多羅基)	教育學	Pedagogy (佩得郭基)	

註釋	Comment (扣免特)	商學	Business (畢 S 呢 S)	
編輯	Edit(A 迪特)	法學	Jurisprudence (就利 S 普等 S)	
翻譯	Translate (特然 S 雷特)	神學	Theology (替唷羅基)	
論文	Paper(佩波)	工商管理	Business (畢 S 呢 S) Administration A 特米尼 S 特雷訊	
論文集	Collection (克列訊) of Papers (OF 佩波)	應用科學	applied science (A 普賴得 塞恩 S)	
學刊	Journal(者耨)	工程學	Engineering (N 基尼鵝另)	
出版	Publishing (怕畢利型)	建築學	Architecture (A ㄎ一鐵洽)	
雜誌	Magazine (妹哥金)	公衛學	public health (怕畢利克 嘿兒夫)	
散文	Prose(ㄆ柔 S)	護理學	Nursing(呢型)	
詩詞	Poetry (剖也特瑞)	醫學	Medicine (魅迪森)	
歌賦	Songs(送 S)	農學	Agricultural (阿哥利考扯柔) science (塞恩 S)	

小說	Novel(諾 ᵛ儿)	藥學	Pharmacy (發麼西)	
戲曲	Drama(得拉馬)	理工科	Science and (塞恩 S 演得) Engineering (N 基尼鵝另)	
報導	Report(瑞婆特)			
傳記	Biography (拜啃哥了飛)			
手冊	Manual(妹扭鵝)			
議程	Agenda(A 真達)			
致開幕詞	Opening speech (O 噴寧 S 畢去)			
致閉幕詞	Closing remarks (克漏性 瑞馬克 s)			
備 註				

B/座談研討(Seminar and discussion)：

司儀：2024 International Academic Symposium
(湍替湍替佛 印特內訊耨 阿克得密克 西M剖基額m)
on World Sinology is about to begin.
(甕 沃兒得 塞諾羅幾 以S 阿抱特 吐 畢根S)
2024世界漢學國際學術研討會，馬上要開始。

Please take a seat and turn off your cell phones.
(夂利斯 貼克 兒 細特 演得 特恩 OF UR 小 佛恩S)
請各位就坐，並將手機關靜音。

Invite the conference chairperson,
(印外特 得 克恩佛人S 且夂森)
commentators, and presenters to take their seats.
(扣免鐵特S 演得 皮利先特S 吐 貼克 蝶A 細S)
請大會主席、評論人，以及發表人就位。

Read out the rules of the meeting！
(利得 凹特 得 如S OF 得 密停)
宣讀大會規則！

15 minutes for posting and 10 minutes for comments.
(費F聽 密你特 佛兒 剖S定 演得 天 密你特 佛兒
扣免特S) 發表時間15分鐘，評論時間10分鐘。

5 minutes each for questions and answers.
(壞夫 密你特 意取 佛兒 庫ㄟ訊S 演得 案色S)
發問與回答各5分鐘。

The bell will ring once 3 minutes before the
(得 貝ㄌ 威ㄌ 令 萬S 特利 密你特 比佛兒 得)
time is end and twice when the time is up.
(太M 以S N 演得 吐哀S 惠N 得 太M 以S 阿ㄆ)
時間到前3分鐘響鈴一聲，時間到時響鈴二聲。

Conference agenda, please refer to the manual.
(克恩佛人S A真達 ㄆ利斯 瑞ㄈ額 吐 得 妹扭鵝)
大會議程，請參考手冊。

Please invite the chairman to announce
(ㄆ利斯 印外特 得 且門 吐 ㄟN鬧S)
the opening of the meeting !
(得 O噴寧 OF 得 密停)
請主席宣布大會開始！

主席： I declare the meeting officially begins !
(哀 地克類兒 得 密停 O飛謝利 畢根S)
本席宣布大會正式開始！

First of all, welcome every one to join this
(佛S特 OF 阿ㄌ 威ㄌ抗 耶威 萬 吐 嬌印 迪S)
conference and discuss today’s theme together.
(克恩佛人S 演得 迪S嘎S 吐蝶S 替母 吐給得)
首先歡迎各位參與本會，共同切磋今日的主題。

Please abide by the rules of the conference
(ㄆ利斯 額拜得 拜 得 如S OF 得 克恩佛人S)
and wish you a successful return！
(演得 威盧 U 兒 色誰S夫 瑞騰n)
請各位遵守大會的規定，並祝福各位滿載而歸！

I also wish the conference a successful conclusion.
(哀 阿受 威盧 得 克恩佛人S 兒 色誰S夫 克N庫沈)
也祝福大會順利落幕。

OK！I won't go into details.
(OK 哀 旺特 夠 印吐 迪條 S)
Let's ask the publisher to start.！
(類特 S 阿細 得 怕比利赦 吐 S 達特)
好！我就不囉嗦，我們請發表人開始！

發表：Chairman of the conference, commentators,
(且門 OF 得 克恩佛人S 扣免鐵特S)
and all the advanced leaders present here！
(演得 阿ㄌ 得 A特灣S特 利得S 皮利先特 嘻兒)
大會主席、評論人，以及在座的各位先進們！

Nice to meet you today！
(奈 S 吐 密特 U 吐蝶)
今天很高興能認識各位！

The title of the paper I am going to publish today is：
(得 泰透 OF 得 佩波 哀 演 夠印 吐 怕比利S 吐蝶
以S) 我今天要發表的論文題目為：

Please give me your advice !

(ㄆ利斯 給ㄈ 密 UR A得外S)

請在座的各位多多指教！

Then Allow me to publish in Chinese !

(店 阿漏巫 密 吐 怕比利 S 印 蔡妮 S)

接著容我用中文來發表！

This ends my presentation. Thank you for listening !

(迪 S 恩 S 埋 ㄆ列森鐵訊 參克 Q 佛兒 利森寧)

我的發表到此結束，謝謝各位的聽講！

主席：Thanks for the insightful post !

(參克 S 佛兒 得 印賽特夫 剖 S 特)

謝謝精闢的發表！

Then we ask reviewers to comment

(店 威 阿細 瑞 V 尤 V ㄦ S 吐 扣免特)

接著我們請評論人講評！

評論：Chairman of the conference, commentators,

(且門 OF 得 克恩佛人 S 扣免鐵特 S)

and all the advanced leaders present here !

(演得 阿ㄌ 得 特灣 S 特 利得 S 皮利先特 嘻兒)

大會主席、發表人，以及在座的各位先進們！

I am honored to review Professor Cai's
(哀 演 O呢得 吐 瑞V尤 ㄆ飛色 蔡S)
masterpiece today.
(馬S特皮S 吐蝶)
今天很榮幸能評論蔡教授的大作！

Every article has good and bad points！
(耶威 A替口 嘿S 故得 演得 別得 破一S)
任何文章皆會有好有壞！

My comments are only my personal opinions！
(埋 扣免特S 阿兒 翁妮 埋 ㄆ額色耨 O皮尼恩S)
我的評論僅是我個人的看法！

It may not be correct, so please give me some advice.
(以特 妹 那特 畢 克類特 受 ㄆ利斯 給ㄈ 密 尚 m A得外S) 不一定正確，還請各位多多指教！

This ends my comments, thank you all！
(迪S 恩S 埋 扣免特S 參克 Q 阿ㄌ)
我的評論到此，謝謝各位！

發問：My name is Lin Long, from Taiwan.
(埋 念母 以S 林 龍 夫讓 臺灣)
我是林龍，來自於臺灣。

I would like to ask the publisher! Questions about… !
(哀 巫得 賴克 吐 阿細 得 怕比利赦 庫ㄟ訊S
阿抱特) 我想請教發表人！關於…的問題？

主席：The time is almost up. I declare the
(得 太M 以S O摸絲特 阿ㄆ 哀 地克類兒 得)
meeting officially ended !
(密停 O飛謝利 ㄟN得)
時間也差不多了，本席宣布大會正式結束！

Thank you for coming ! I wish you all good
(參克 Q 佛兒 康名 哀 威爐 U 阿ㄌ 故得)
health and all the best. goodbye!
(嘿兒夫 演得 阿ㄌ 得 貝時特 故拜)
謝謝各位的蒞臨！祝各位身體健康萬事如意。再見！

Please take a group photo with the publisher,
(ㄆ利斯 貼克 兒 故鹿普 佛透 威夫 得 怕比利赦)
commentator, and organizer.
(扣免鐵特 演得 O哥奈者)
有請發表人、評論人，以及主辦單位一起合照。

結語

〝惰性〞，乃人類之天性，沒有鞭策力量，很難成就一件事情。盡管每個人的性格有所不同，然大致來說，想學好英語，必須具備四項條件：一是語言天賦；二是英語興趣 ；三是學習環境；四是需求壓力。在這四項條件中，首推需求壓力，沒有壓力自然沒有推動力，想太多也是枉然；有需求壓力，自然會想辦法克服其餘三項條件。天賦！可以勤能補拙克服；興趣！可以從學習中獲得；環境！可以創造。至於，年紀大的人記憶不足，可以尋找方法，只要懂得技巧，便容易學習。

本書的由來，便是筆者上下求索的心得，正所謂：「**有心者找到的是方法；無心者找到的是藉口。**」需求壓力的大小，與有沒有心成正比，壓力越大越有心，越能成就一件事情。

筆者曾流連於英國劍橋大學的校園，細數世界偉人的風采，尤其是〝三一〞學院門口那顆牛頓的蘋果樹，更讓我有很多的想法，也充滿了理想的未來，卻感嘆光陰不再，如果讓我早來 20 年，筆者的成就絕不只是現在。

本書完成後，又再次讓筆者感嘆如果早 20 年知道，學習英語並沒有那麼困難，筆者的成就也絕不只是現在，然而！千金難買早知道。人生有許多的遺憾，總讓人不勝唏噓！

國家圖書館出版品預行編目資料

常用英語會話學習技巧 / 蔡輝振　編撰—初版—
臺中市：天空數位圖書　2025.04
面：17 x 23 公分
ISBN：978-626-7576-15-1（平裝）
1.CST：英語 2.CST：會話
805.188　　114004544

書　　名：常用英語會話學習技巧
發 行 人：蔡輝振
出 版 者：天空數位圖書有限公司
編　　撰：蔡輝振
版面編輯：採編組
美工設計：設計組
出版日期：2025 年 04 月（初版）
銀行名稱：合作金庫銀行南臺中分行
銀行帳戶：天空數位圖書有限公司
銀行帳號：006-1070717811498
郵政帳戶：天空數位圖書有限公司
劃撥帳號：22670142
定　　價：新臺幣 390 元整
電子書發明專利第　I　306564 號
※如有缺頁/破損等請寄回更換

TEL　：(04)22623893
FAX　：(04)22623863　　MOB：0900602919
E-mail：familysky@familysky.com.tw
Https　://www.familysky.com.tw/
地　址：台中市南區忠明南路 787 號 30 樓國王大樓
No.787-30, Zhongming S. Rd., South District, Taichung City 402, Taiwan (R.O.C.)